STELLA

灰色柏林

TAKIS WÜRGER

〔德〕塔基斯·伍格 著

文史哲 译

人民文学出版社
PEOPLE'S LITERATURE PUBLISHING HOUSE

著作权合同登记号　　图字 01-2020-3465

STELLA
Author: Takis Würger
Title: Stella
©2019, Carl Hanser Verlag GmbH&Co. KG, München
Chinese language edition arranged through HERCULES
Business&Culture GmbH, Germany
ALL RIGHTS RESERVED

图书在版编目(CIP)数据

灰色柏林 /(德)塔基斯·伍格著；文史哲译. —
北京：人民文学出版社，2022
ISBN 978-7-02-014884-4

Ⅰ.①灰… Ⅱ.①塔… ②文… Ⅲ.①长篇小说-德
国-现代 Ⅳ.①I516.45

中国版本图书馆 CIP 数据核字(2021)第 241454 号

责任编辑　卜艳冰　汤　淼
封面设计　钱　珺

出版发行　人民文学出版社
社　　址　北京市朝内大街 166 号
邮政编码　100705

印　　刷　上海盛通时代印刷有限公司
经　　销　全国新华书店等

字　　数　115 千字
开　　本　890 毫米×1240 毫米　1/32
印　　张　5.75
版　　次　2022 年 1 月北京第 1 版
印　　次　2022 年 1 月第 1 次印刷

书　　号　978-7-02-014884-4
定　　价　45.00 元

如有印装质量问题，请与本社图书销售中心调换。电话:010 - 65233595

本书故事部分基于史实。

文中案件摘自某苏联军事法庭的调查结果。

审判案卷现存于柏林州立档案馆。

献给我的曾祖父威利·瓦格，

他于 1941 年在"T-4 行动"① 中被毒气杀害。

---

① T-4 行动（德语：Aktion T4）是纳粹德国在二战后系统地对患有身体残疾或心理疾病患者执行"安乐死"计划的代号。

1922 年，希特勒被判破坏国家和平罪入狱三个月，一位英国学者发现了图坦卡蒙墓，詹姆斯·乔伊斯发表了《尤利西斯》，俄国共产党选举约瑟夫·斯大林为总书记，我出生了。

我在日内瓦附近的舒莱镇外的一栋别墅里长大，门外有 17 棵名为"东方"的雪松，窗前悬挂亚麻窗帘。我在地下室的击剑场学习击剑，在楼顶学习凭着气味辨认镉红和那普黄，也领教藤鞭打在身上的滋味。

在我的家乡，当别人问起"你是谁"的时候，往往要告之你父母的名字。对于这个问题，我会回答说，我父亲是一家康采恩①的第三代传人，从意大利进口丝绒，我母亲则是一位德国大地主的女儿。可惜我的外公过分沉溺于雅邑白兰地，因而破了产，用我母亲的话说，家产全被他"喝光了"。当然，母亲还很爱说起，黑色国防军的全部头脑都来参加过他的葬礼。

晚上，母亲喜欢哼唱《流星》摇篮曲。如果父亲出差，她便借酒浇愁，这时她会让人把餐厅的桌子挪到墙边，放上蜡盘唱片，和我跳起维也纳华尔兹。我得使劲向上伸手才能够得着她的肩膀。她夸我将来会是很好的领舞。但我知道这是假话。

---

① 康采恩是德语 Konzern 的音译，是资本主义垄断组织的形式之一。它以实力最雄厚的大垄断企业或银行为核心，由不同经济部门的许多企业，包括工业企业、贸易公司、运输公司、保险公司等联合组成，是金融寡头实现其经济上统治的最高组织形式。

她还说，我是全德国最英俊的男孩子，虽然我们并不生活在德国。

有时，她允许我给她梳头，用一把父亲带给她的水牛角梳子。她说，头发得如丝绸一般。她还让我向她保证，等我结了婚，一定得给我的妻子梳头。我从镜子里看着母亲，她是如何闭着眼坐在我面前，她的头发闪着何等的光彩。我向她保证。

她到我的房间来和我道晚安时，会用双手捧着我的脸颊。我们一起去散步时，她会牵着我的手。当我们一起去爬山而她在山顶喝了七八小杯烈酒时，我会为下山时可以搀扶她而感到由衷的高兴。

母亲是名艺术家，她画画。我家的门厅里挂着两幅她画在亚麻画布上的油画。一幅是大尺寸的静物，画着郁金香和葡萄。另一幅尺寸小，画着一个姑娘的背影，胳膊交叉放在后腰上。我曾经久久注视这幅画，并试着将手指交叉拧成画中人的样子，可我做不到。母亲所画的腕关节扭曲得极不自然，真人如此恐怕得骨折。

母亲经常说我将成为一位了不起的画家，却很少提及自己的画。但在某些夜深时分，她也会说起年轻时画画对她来说是件简单的事。她在做姑娘时曾去申请维也纳艺术学院，但没通过素描考试。也许她没被录取还因为当时女孩上大学实属罕见，但我无法多问。

我一出生，母亲就下定决心由我完成她上维也纳艺术学院的心愿，至少也得上个慕尼黑美术学院。无论如何，我绝不能沦落至柏林的费格-斯黛拉斯堡艺术学校或汉堡的洛夫尔美术学校，母亲警告我，那可全是犹太人的天下。

母亲教我握画笔、调颜料。为了讨她欢心，我很努力，也暗下工夫练习。我们一起去巴黎，在国立网球场现代美术馆看塞尚的画。母亲说，苹果就该画成塞尚笔下的样子。我可以为母亲的画布涂底色，牵着她的手走遍博物馆，努力记住她所说的所有东西——她对一幅画用色的欣赏，对另一幅画透视的批评。但我从没见过她画画。

***

1929 年，纽约股市崩盘，纳粹党在萨克森州议会选举中赢得 96 个议席中的 5 个，在我的家乡，一辆马车在圣诞节前悄然而至。

那是一辆雪橇马车，在积雪上滑行。车头坐着一个身穿深绿色齐地呢大衣的陌生人。父亲后来请求宪兵队帮忙也没能再找到他。也没人知道，这个高坐马车车头的男人为何会随身带着一个铁砧嘴。

我们大概有 10 多个男孩，正在教堂广场上朝教堂尖顶上的铁公鸡扔雪球。

我不知道是谁朝着马车扔出第一个雪球的。雪球交错着飞过去，在木质车身上撞开了花。一个雪球砸中了那男人的太阳穴，应该是我扔的。我本想其他男孩会因此而喜欢我。男人看也不看。

他只是勒住小马，不慌不忙地从车上下来，在马的耳边说了点什么，便朝我们走来。他站在我们面前时，融化的雪水正流进他的衣领。

我们都太小了，我们没有跑开。那时我们还不懂得恐惧。这名车夫手上拿着一个短短的、锻造过的暗沉沉的家伙。

我感觉他说的是乌里州的德语，我们这儿很少听到的一种方言。

"是谁砸了我？"他轻轻地问，注视着我们。我听到脚底在吱吱作响，那是雪冻住了，还闪着光。空气闻着像打湿的羊毛。

父亲对我说过，真理是爱的标志，真话是礼物。那时我很肯定，父亲说得对。

我是个孩子，我喜欢礼物。尽管我还不知道爱是什么。我朝前走出一步。

"是我。"

铁砧嘴的嘴尖朝我右脸颌关节旁凿穿下去，拉到嘴角，撕开了脸颊。我失去了两颗臼齿，半颗门牙，但我对此没有记忆。我能记起的是看见妈妈的灰眼睛。她坐在我的病床边，从保温壶里倒出掺了科恩酒的茶来喝。父亲出差了。

"幸好，你画画的手没事。"母亲说。她抚摸着我的手指。

我的脸缝上了浸过苯酚的线。伤口发炎了。接下来的几周里，我只能喝我家厨娘每天给我炖的鸡汤。一开始，鸡汤还会从伤口缝渗出来。

药物麻醉了我。直到照镜子时，我才意识到，车夫的一击让我再也看不见颜色。

有些人不能区分红与绿，我则失去了所有颜色。赤红、翠绿、蓝紫、紫红、蔚蓝、金黄，从此于我只是不同灰度的指称。

医生们宣称这是大脑皮层的色彩视觉失调，一些中了风的老人有时会出现这种症状。

会好的，他们说。

母亲在我膝头放上一个素描簿，带来一盒她托人从苏黎世买回的彩色画笔，她想在医院继续我们的绘画课。

"颜色都消失了。"我说，我知道画画对她有多重要。

她把头偏向一边，像是没听到。

"妈妈，对不起，我……我看不见颜色了。"

她叫来医生，我不得不看了几张图画，又被滴了几滴眼药水。

医生向母亲解释，我这种情况时有发生，算不上那么糟糕，毕竟，电影院里放映的影片都是黑白色呢。

"对不起，妈妈，"我说，"请原谅我吧，妈妈。"

医生说，我的面部神经丛能安然无损已经是个奇迹，否则会口水直流，连说话都困难。医生竟夸我是个幸运的孩子。母亲坐在旁边，大口大口地喝酒。

***

母亲给身在热那亚的父亲发去电报，他连夜赶了回来。

"是我的过错。"我说。

"不存在什么过错。"他回答。

他留在医院，睡在我旁边一张小铁床上。

母亲问："别人会怎么想？"

父亲说："这与我们何干？"

伤口作痛时，父亲就给我讲一些童话，那是他在去找从白沙瓦来的丝绒商人的路上听来的。他送了我一个从海法带来的饰有玫瑰花纹的旧金属盒子，盒盖有点儿难打开，但他说，只要按逆时针方向抚摸盒子边缘三遍，就能愿望成真。

母亲却说，要是不把这个破玩意儿拿走，她就走开。

母亲几乎不再碰我了。散步时我想去牵她的手，她却像受了惊一般。她给我道晚安时，也只停在门口，望向窗外，即使窗外漆黑一片。父亲又启程出差了。

我受伤后不久，母亲有次酩酊大醉，倒在餐厅地板上。我不得不和厨娘一道把她抬回房间。

母亲还会在晚上独自去爬山，或者有时整整两天把自己和画布锁在一起。我八岁了，并不知道这一切是不是都因为我。

***

我最喜爱的地方是方济各会修道院后面的湖。湖的一边围着长满苔藓的墙，另一边临着悬崖。

我躺在湖边的芦苇丛中，吸着用父亲雪茄里抽出来的烟草卷的烟。厨娘教会我怎么用一根长棍、一根线和一个弯钩钓上鲑鱼。之后厨娘会把鱼的内脏清理干净，塞进剁碎的蒜头和欧芹，在岸边生火烤熟，趁热吃掉它。

她还给我示范如何从丁香花蕊中吮吸花蜜。

我帮她揉面做花环面包，去山上牧场取回牛奶罐。有时我们一起捞起牛奶上那层奶皮，一人一半吃掉。

在别的男孩交朋友、带朋友回家的年纪，我知道我不行，因为母亲在家。也许，我能忍受孤独，是因为我无法渴望我不知道的东西。

母亲开始喝茴香酒，加入冰水时，酒的颜色变暗。我想象她是在喝牛奶。

一道栈桥伸向湖心，天热时木头在阳光下砰砰响。秋天日暮时分，我会站在桥头，向湖面甩出扁平的石头。当厨娘和父亲没空管我，母亲又天天沉醉不起时，我觉得自己是个隐形人。

有一天，我看着那堵悬崖想，为什么从没见过有人从上面跳下来。

我踩着青草和凸出的岩石爬上峭壁。我站在高处，能直见湖底，看见水藻轻摇。我冲出去，落入空中。我的鞋底迎来重重的撞击，冰冷的湖水灌进耳朵。我浮出水面时，感到难以呼吸，但我终于吸足了气，大叫了出来。我看见我落水时在水面激起的一层层余波。

我穿着湿透的裤子站在厨房的地砖上。厨娘正在揉面，她问我，是谁让我这么干的。我不知该怎么回答。人只能靠自己坠落，我想。我靠近温暖的火炉。她用手拍打着瓷罐，面粉飞扬。她递给我一条毛巾。

那晚父亲来陪我了。他在家时总待在书房。他喜欢看书，俄国小说、东方哲学、俳句，等等。

我知道，父亲和母亲并不相爱。

我用手扯着从湖边采来的芦苇花的花穗。

"修士们说，你从悬崖上跳下来。"父亲说。

我点点头。

"为什么？"他问。

我不说话。

"有时沉默比撒谎更糟糕，你知道吗？"

他把我抱起来，放在他书桌椅的扶手上。

我们听着钟的滴答声。

"为什么坠落的感觉很美呢，爸爸？"

他想了很久，然后轻轻哼起一段旋律。几分钟后又停下来。"因为我们都太愚蠢了。"他说。

我们一起沉默了。

他摇摇头。他放在我肩上的双手很沉，他闻起来像他的那些书。

"怎么了孩子？你又这样看着我。"

"妈妈，她还好吗？"

他深吸一口气。

"她……"他犹豫着，脸缩成一团，"你的母亲……都没事，对她好一点。"

我听懂了他的意思，也明白或许沉默更容易。沉默慢慢成为了我哭泣的方式。

"都会好的。"父亲说，他把一只手放进我的后颈窝。

我点点头。他看着我。我想我再也不会从山崖上往下跳了。

***

每当我想起故乡，总会想起屋后那一大片绵延至山顶森林的向日葵。

厨娘说，她不喜欢向日葵，因为它们没有香味。她说，向日葵用美色招引蜜蜂，花蕊里却没有蜜，只有丑陋的果实。

我在花田里奔跑，去寻找花的气味。在向日葵花冠间，我确定厨娘错了。艳阳高照的日子里，花粉在热浪中灼烤时，向日葵会散发出香味，尽管极为轻柔，我却能嗅到。当我熟悉了这香味，夜里敞开窗户睡觉时，我有时还能再闻到它。

嗅觉灵敏很重要。回到家里，我在走廊就能闻到酒精的气味。

我问蜂农和园丁，该怎么描述向日葵的香味。没人知道。我想，我能闻到花的香味，这总意味着点什么。

1935年《纽伦堡法案》颁布的那天，母亲喝了整整一瓶土豆烧酒，一杯又一杯，我坐在旁边帮她数着。她高举酒杯，祝福阿道夫·希特勒，她叫他"阿多菲"，仿佛他是个法国人。

那天晚上，母亲在舞厅木地板上睡着了，我走到厨房。厨娘靠在炉边，一边哭泣一边拿木勺舀新鲜做好的奶油吃，她用吃抚慰悲伤。我摸了摸她的脸，就像小时候父亲对我那样。

几天后我偷听到父母吵架，母亲要求父亲解雇厨娘，哪怕她早上很爱吃厨娘做的哈拉面包。母亲叫她"犹太猪"。父亲说，他不会解雇任何人。

母亲几乎只守着她的画布。当她不画时，她就把阁楼上所有画架转过去对着墙。谁也不许看她的画。

晚上，父亲和母亲吵过架后，来到我床边。我假装睡着了。他盘腿坐到我脚边，开口说："孩子，有件事……"长长的沉默。我不确定他是否还要把话说完："上帝创造了这一切，你知道吗？乌鸦、大象……神居住在每个生命之中，《路加福音》中是这样说的。你能理解吗，孩子？我们得顾念这些生命。"

他声音中透露出的严肃让我有些难堪。我没有回答。他捏了一下我的脚，说："我知道你醒着呢。"

***

1938年，巡回展览《堕落的艺术》在柏林开幕，全德有1406个犹太教堂及祈祷室一夜之间被烧毁。这年夏末，我和厨娘的儿子一同钻进向日葵花田，我们长高了，已经能在花上伸出头张望。厨娘的儿子有点儿残疾，他不会算数，记不住事，不停地咬着下唇。我很喜欢他。

"你能闻到吗？"我用手托住向日葵的花冠，问他。他摇摇头。

一场暴风雨在这一天降临了，闪电劈开了我家花园中的一棵老橡树，大雨打折了花脖子。园丁为了挽救葵花籽，会将零落的花冠收拾起来，并咒骂老天无眼。

那时我们正穿过花田，最初几滴带着潺热的雨落在我额头上。快到我家门口时，常走的路有个分叉，一条回家，另一条通向山上的牧场。

自我懂事起，就知道山上养有一只总被农妇拴在栅栏上的公山羊，山下人人皆知它的大名——哲罗姆。

它是一种冰川羊，羊毛又白又长。多年前，山顶的阳光灼瞎了它的眼睛。我很想摸摸它，但它脾气太差。早上我去取牛奶时，有时会给它带去黑莓树的叶子。

小孩子间有比试勇气的游戏，就是看谁敢去扯哲罗姆的角。有次我看见一个牧民的儿子朝着它柔软的肚皮狠狠地踢了一脚。

那天，我们还在花田里穿行时，大雨打湿了我们的脸。我们用枫叶做成漏斗，接雨水喝。我想快点回家，惦记着家中的温暖舒适和这段时间没有外出的父亲。我忽然想到父亲关于造物的那番话，透过重重雨柱，我望向山上的牧场，早上哲罗姆还站在那儿。天边已不断拉开闪电，厨娘儿子哭了起来。我牵着他的手，把他送回我家房子的用人出入口，便立即转身冲进雨里。

"打雷了，"厨娘儿子喊道，"打雷了"。

雨水很暖和，爬山对我而言也不难，我只是滑了几下。

我已经习惯不再信任自己的眼睛。当闪电从天空直划向草场时，我也并不惊讶。雷声轰隆。哲罗姆蜷伏在地，仍然被系在栅栏上，嘴伸进草丛，闭着眼睛，看起来像是在等死。或者它只是睡着了，因为它对风暴压根儿没兴趣。

我解开栅栏上的绳索。哲罗姆朝我扑过来。我站着没动。有时，做正确的事会带来疼痛。

哲罗姆咬向我的左手，但它的牙在几年前就已经掉光了。它落了空，又来咬我伸向它的右手。

"我是给你带黑莓树叶的人啊。"

雨珠从它浅而杂乱的羊毛上滚下来，我把手放到哲罗姆的嘴边。它不再咬了，静静地站着。我想，可能它被系得太久，不会走路了。我跪在它面前的草地上，把它横扛在我的肩上。它的肋骨顶着我的锁骨。

它很瘦，但比我想象的重。它臭不可闻。我的大腿发抖。

"对不起，上次别人踢你时，我没有保护你。"我说。那天我对它说了很多从没对任何人说过的话。我告诉它我有多想念母亲，虽然她在家。告诉它我总觉得没人在意我的存在。告诉它我不想撒谎，因为撒谎意味着虚度生命。下山时我摔倒了，伤了膝盖。

当我走到家门口的雪松大道时，我的裤子被撕烂了，指甲里全是黑泥。山羊咬着我的衬衫领。

父亲迎面跑来。

"孩子。"

他拥抱我，哲罗姆朝他咬过去。

"你没看见闪电吗？"

我跪倒在碎石上，把山羊从肩膀上卸下来。父亲帮我拢去头发里的水。我眼中涌出泪水。我暗自庆幸雨很大，父亲没看出来。

"闪电没准把你烧了。"父亲说。他当然看到我哭了，父亲们都能看到。

"我们要顾念生命。"我说。

我想告诉他，闪电出现在空中时有多美，告诉他为什么我其实很高兴遇上了那个车夫，为什么我有时爱母亲多于爱他。但我沉默了。突然，我高喊出来，我被自己响亮的声音吓住了："你说话不算话，爸爸。"

"怎么了，孩子？"

"真相。你说过我们要说真话，但妈妈的事你撒了谎。"

我看到他脸上的痛苦，我不想使他痛苦。雨水甜丝丝的，他牵着我的手带我回到家。当我们站在门厅时，他轻轻地问："你见过木槿开花吗？"他在我面前蹲下来，比我矮了一头。"真相就是这样，跟木槿花一样。你总有一天会看见的。在埃及，你能看到很多开满木槿花的花园，整个花园。木槿花有千百种样子。"

哲罗姆在我家的花房过了夜，一晚上吃掉了我们全年西葫芦收成的整整一半。我夜里去找了它，它允许我摸了摸它脖子上的毛。

第二天早上，山上的牧民把它领回去了。牧民和我握手，再三道歉，并保证不会让西葫芦事件重演。他边说边用掌缘敲打哲罗姆两角间的头顶。

那一年，瑞士山羊饲养协会的成员正考虑应该保留哪些山羊种类，历史书中将这称为"品种净化"。该协会将哲罗姆所属的辛普朗山羊类视为不宜发扬。

夏末时父亲告诉我，那场风暴后没多久，牧民把哲罗姆领到化粪池边，在两米开外用双管步枪打穿了它的脑袋。

同年，母亲从慕尼黑请来一位眼科医生。他说我看不见颜色，原因不在眼睛而在大脑。母亲认为我只要足够努力练习就能恢复。她和我一起上到阁楼。

"现在，一切都好起来了。"她说。

她的画都靠在墙上。她在桌子上放了一个颜料盒，打乱了颜料罐子，然后问我每个罐子是什么颜色。

我猜对了，她便点头；猜错了，她就说我应该更努力一些。她特地穿上马靴来给我上课，她称之为"兵靴"。

第一次上阁楼的时候，她曾这么对我说："求你了，至少认出红色吧，我请求你。"

她喝醉后有时会扬起拳头，但她终于还是坚持绝不碰我。

几节课上下来，阁楼画布间的角落里多了个藤编除尘拍。她说，打我令她比我更痛。挨打时我的脸有时会撞上颜料盒。

母亲说："出门之前把你自己洗干净，别人不需要知道你哭过。"

有次我跌倒在地，额头扑进颜料中，我发现颜料罐们散发着不同的气味，是天然色素的气味。靛蓝闻起来像花房中蝴蝶花，橘黄像铅，胭脂红像夏天的黏土，黑色像煤烟，白色像粉笔。

我最喜欢煤炭的气味。除了阁楼上那几个小时，母亲不再教我什么了。我们也再没去过博物馆。

现在当我不得不为母亲辨认色彩时，我会靠在颜料盒上。有时我直接把颜料罐拿在手里，这样闻得更清楚。母亲打我的次数变少了。有次我连续三次都说对了颜色，母亲终于用食指摸了摸我。

***

每个周六天黑之后，安息日结束，厨娘会给我脸上的伤疤敷上圣约翰草制成的膏药，我受伤之后好几年依然如此。她说这样能让我恢复好看的样貌。我在这一天晚上和她道晚安时，她常常会拥抱我。我期待的也仅仅是这些。

厨娘是我认识的最胖的女人。她每天都烤蛋糕，夏天用蓝莓，秋天用苹果，冬天用杏仁。她说她做的蛋糕大家都不舍得吃，而她则不得不晚上坐在炉边，一边玩着纸牌，一边吃掉剩下的蛋糕。

有一次，她给我敷完膏药后，搬了一个挤牛奶用的板凳坐到我面前，端给我一个碟子，里面是两块抹了黄油的蜂蜜蛋糕。她看着我。

"他们都说你特别诚实。"厨娘说。

我没说话。

"是这样吗?"

"是吧。"我说。

"那说点关于我的实话吧。"

厨娘一只手放在我头上。

"请你告诉我,我很肥吗?"

我一阵慌乱,用叉子叉了一大块蛋糕送进嘴里。我噎着了,厨娘给我递来一杯牛奶,我咳嗽起来,牛奶从鼻子里流出来。

"我知道我是有点圆滚滚的,但我真的很肥胖吗?"

我尽量轻微地点了点头。

她痛苦极了,我看见了,我并不想这样。

"你觉得这就是我再也找不到男人的原因吗?"她又问。

我看着地板。我16岁了,并不太懂男人女人以及他们为什么会互相喜欢。我耸耸肩。厨娘用她柔软的手抓紧我。

"请你告诉我实话吧,弗里德里希。"

"是的。"我说。

"你觉得,我孤身一人,是因为我太爱吃?"

"你不是孤身一人。"

"但我的确太肥?"

"是。"

她长叹一口气。

"谢谢。"她说。

"让你难过了。"我说。

炉子很暖和，我们听到木头在火中噼啪作响。

"你如果不说实话的话，会更糟。"

我们在凳子上又坐了一会儿，看着烤箱里的火焰。里面烤着为明天准备的奶油圆蛋糕。蛋糕慢慢变得棕黄，突然，已经变硬的外壳冒起了烟。我赶紧把烤盘拿出来，把蛋糕放在厨房台子上。

"谢谢，我的好孩子。差点就坏了事，谢谢。"厨娘说。

她拥抱了我，我假装没看见她的眼泪。

***

1941年春，当德国坦克在"向日葵行动"中开过利比亚时，母亲在我们家楼顶上升起一面纳粹卐字旗。那是我平生唯一一次听见父亲咆哮。他先是平静地叫一名伙计把旗子从杆上扯下来，随后进了花房，锁上那扇磨砂玻璃门，发出了那声宣告他婚姻死亡的长啸。

自从战争开始，母亲就越发频繁地穿上她的马靴，也越发频繁地喝得烂醉如泥。有一次她大早上躺在进门处，一动不动。我叫她，试图唤醒她。她睁开眼看了看我，但我不确定她是否真的认出了我。

"你还爱我吗？"她问。

然后她双手缠住我的头，把我紧紧地搂着，贴在她脖子上，我有点儿喘不过气。

"这里的一切都让我……"她说，"这里的一切，一切，都让我……"

对我而言，那感觉如此美妙，以至于我去上学时竟迷了路。

有时我希望，白天我能忘掉母亲坐在露台上喝茴香酒的样子。

但我知道，不会有人在意她了，正因如此，这变成了我的任务。有时，当她躺在地板上不动弹时，我会悄悄把头靠在她的胸前。我在听还有没有心跳。

由于贸易禁令，父亲的丝绒出口生意遇到了麻烦。他说，他想去伊斯坦布尔，在那儿等着，直到战争结束，舒莱的别墅他会留着。母亲则想搬到慕尼黑，靠父亲的财产过活。而我打算旅行，开开眼界。父亲给我出了主意，让我去德黑兰，因为那里远离战争。

夏天时，我曾听到马棚的伙计们谈论柏林的秘密夜间俱乐部，谈论男妓、可卡因、豪华酒店中的象牙喷泉池，还有唱歌的黑人女孩——她坐在马车中，却由一只鸵鸟拉着前行。

其中一名马夫在柏林捡过一阵马粪蛋，他说，他离开是因为受不了柏林人那口方言，什么"俺""啥"，听起来鼻涕兮兮。他还说，在柏林，连理发师也想什么就说什么，口无遮拦。

"真的吗？"我问。

"全都又傻又愣，小姑娘也是，没文化。"他说。在这个晚上，我第一次听说了那个传言。马夫说，在柏林，晚上会有一辆家具搬运车开进谷仓区，带走犹太人。"他们再也没有回来。"

"真的吗？"我问。

"反正有这么个传闻。"

"谷仓区在哪里？"

德国看起来像胜利之国。国防军掌控了欧洲，进军莫斯科。英国人停止了对柏林的空袭。不论如何，柏林毕竟不同凡响。那儿就连理发师也想什么就说什么。

我向父亲打听他的多次柏林之行，他却叫我去读冯塔纳[①]。我读了家里书房中存着的冯塔纳的小说和书信。他在 1860 年写给海泽[②]的一封信中说："人们只管嘲讽柏林，而我也很愿意承认一些嘲讽有时的确恰如其分，但不能否认的事实是，这儿发生或未发生的事情，都将成为搅动世界历史的事件。倾听城市飞轮在耳畔如此呼啸，已成我内心的需求，哪怕我偶有将其误听为熟悉的水轮之声的危险。"

夜里，我躺在床上，醒着，想着"飞轮"这个词，还有谷仓区的传言。在我脑海中，德国人就是我想变成的那个样子。我在影院里看到过行军士兵的图像。我并不想当兵，但没准这样会让我更强大。我问父亲家具车的事。

"我听说过。"他说。

"人们为什么要编造谣言呢？"

父亲回答时，声音中透着犹疑："我不知道，也许这是个灰

---

① 亨利·特奥多尔·冯塔纳（Theodor Fontane, 1819—1898），19 世纪德国杰出的批判现实主义作家，代表作《艾菲·布里斯特》《燕妮·特赖贝尔夫人》等。

② 保罗·约翰·路德维希·冯·海泽（Paul Johann Ludwig von Heyse, 1830—1914），德国小说家、诗人、剧作家，出生于柏林，1910 年诺贝尔文学奖获得者。

色地带。我想……我不知道。我想，对真相而言，没有比战争更
危险的处境。"

他转向我，看着我："我知道你在想什么，小伙子。"

我盯着他的脸。他试着挤出笑容，装出轻松的样子。我看出
来，他在害怕。

"别这样做，"父亲说，"我求你，这次别这样。"

几天以后，父亲和母亲聚在书房，尽管他们早已不相往来。

"我想，我先去趟柏林。"我说。

母亲吸了一口气。

"你想？"她说。

"我要去柏林。"我说。

母亲笑了。

"你去那儿干吗？"她问道。

"我想看看。"

"看什么？"

"然后在那儿学画画。"

母亲不再笑了。

"你想在这打仗的当口学画画？"父亲问。

"就待几天。"

"太危险了。"

"柏林是安全的。"

"可是现在是战争时期。"

"战线在东边，不在柏林。柏林已经好几个月没有炸弹爆

炸了。"

"但还是太危险。"

"我要去，爸爸，我必须看看。我……这个灰色地带。"

父亲点点头，摸了摸下巴。

总得有人去辨别谣言和真相，那时我认为这是勇敢的。

"但是，那可是个犹太人的城市。"母亲说。

圣诞节之后，一辆德国牌照的深色轿车停在我家行车道的石子路上。一个穿着制服的男人下了车。我躲在干草棚的棚顶，看见他把手放在妈妈的屁股上。之后，厨娘告诉我，母亲说那人是她的侄子。

母亲让人将她的钢琴和衣服随后寄给她。

厨娘对我说，她奉命转达，我应当继续水彩盒的练习，以及，我伤透了母亲的心，因为我没有亲自和她挥手作别。

两年以后，母亲在一次空袭时被烧死在宁芬堡宫的花园工棚里。她的侄子说，她酗酒过多，错把工棚当成了掩体。

我订好了从日内瓦出发的火车票。厨娘送我一顶她织的帽子，还有一个塞满蜂蜜蛋糕的编织篮。她拥抱我。我偷偷地将我最好的钓鱼钩塞进她围裙的口袋里。

父亲亲吻我的额头，和我告别。

"好好活着。"他说。

他看起来还想说些什么，但他终于什么都没再说。

在他载我去火车站之前，我爬上阁楼，走向一块正面靠着墙的画布。我一直在问自己，母亲到底在上面画了什么。我把它转向了阳光。我走向下一幅，我一口气把阁楼上所有的画布都转了过来。上面全都是空的。

桌子上放着已经干了的水彩盒，我把它拿起来。我自己去了湖边，在岸边捡起一块石头，砸穿水面上的薄冰，将水彩盒扔进了水中。

1942 年 1 月　本月，德意志第三帝国停止了高速公路建设。国家总理阿道夫·希特勒在某次对德国人民的号召中强调了他时刻准备迎接和平，并称美国总统富兰克林·德拉诺·罗斯福为"战争贩子"。包括加米施-帕滕基兴世界锦标赛在内的所有滑雪赛事均被取消，以保证滑雪运动员可以为国防军效力。慕尼黑的气温降至零下 30.5 摄氏度。约瑟夫·戈培尔博士对纳粹党员的"十诫"之一："德国是你的祖国；爱国高于一切，行动重于语言。"柏林的餐馆新近推出了一种含有豆子和马肉的野营食品，据说与前线士兵的膳食非常相似。本诺·冯·阿伦特成为帝国时尚委员。原材料短缺成为这个部门必须面对的挑战。帝国全麦面包委员会在报纸上刊登了一则广告，里面有这样一句话："全麦面包更优质，全麦面包更健康。"在美国肯塔基州路易斯维尔，一名年轻的女佣生了个儿子，给他取名为凯瑟斯·马塞勒斯·克莱二世。此处东北方直线距离 7290 公里以外，柏林郊外的万湖边，党卫军全国副总指挥莱因哈德·海因里希召开了一次大会。在这次会议上做记录的是曾受过机械师培训的阿道夫·艾希曼，记录内容为如何消灭欧洲的犹太人。做完计划之后，这些男人喝着白兰地观赏湖景。

***

新年第二天的清晨，我到达柏林。餐车里早餐的鸡蛋太硬，吃着有股鱼味儿。我从安哈尔特火车站①走到勃兰登堡门。街道宽阔，看不到通向何方。柏林闻起来像煤炭，像松香皂，像移动的木煤气灶、地板蜡，或是煮熟的萝卜散发出的气味。

当我走进一家小酒馆点一杯莎斯拉葡萄酒时，女服务生说："啥？"

酒店里象牙喷泉池比我期待的要小。领班问好时称呼我"阁下"，他没行纳粹礼，这让我松了一口气。

在大堂里卖报纸和卖花的人站在各自的摊位后。接待处的主管身穿小礼服，卷曲的头发向后梳着，脸颊上有线条垂直的皱纹。他称呼我的名字，结结实实地和我握了握手。

服务员都穿燕尾服，系着鲜亮的领带。电梯指引员缺了一只胳膊。我把一篮子蜂蜜蛋糕送给他。当他转身伸过手来时，我才看见他仅存的胳膊上戴着"卐"字标的袖套。

我在房间住下了。画架和大衣箱已经事先托信使送到，我把画架靠着朝南的窗户支起来。碳素笔则装在父亲一个老旧夹棉的

---

① 安哈尔特火车站曾是德国柏林的铁路总站，在第二次世界大战中受到严重破坏，最终于1952年关闭。

雪茄箱里，被我塞进旅行包随身带来了。

当天下午，我去了谷仓区。我看着那些头戴黑帽、身穿黑色大衣的正统犹太人，我在煤气灯的灯影里一直站到深夜。第二天，我在哈克市场旁的一家小饭馆里喝了杯菊苣咖啡，透过窗子眺望路上驶过的车辆。那天，我坐在柏林证券交易所门前的楼梯平台上，直到脚趾冻凉了也没看见一辆家具搬运车。

新年的第一个星期一，我背着一个光面皮革背包，前往纽伦堡大街上卡迪威百货商场背后的费格-斯黛拉斯堡艺术学校。学校外墙上饰有石膏花纹，但年深日久，一些地方因为墙体潮湿剥落了。

走进学校之前，我在街对面站了一会儿，想到了母亲。我也想到了父亲，和他未曾说出口的临别赠言。

门把手是黄铜做的。

秘书处的女士戴着一副镜片已被磨损的眼镜。我说，我想学画。

"您愿意现在就开始吗？"

"这么简单？"

"今天有开放的绘画工作坊，画裸体人像。对您来说不会错的，您只需要考虑您想怎样看她。"

在一间散发着油画颜料味儿的教室里，有五个人坐在画架前画画。我在门口站了一会儿，向前看去。

角落里有一个瓷砖壁炉，但因煤炭短缺，炉内一片冷寂。我的呼吸凝成气体。黯淡的地板上满是已经褪色的颜料污渍，那是有人曾在这间教室里试图捕捉真实留下的痕迹。地板吱吱作响，但没人看我。我没脱外套，在一个空着的画架前坐了下来。

我的手指尖冻木了，我朝它们吹了口气，依然冷，但我的脸却开始发烫。所有人都在往前看。

她躺在一件暗色的毛皮衣上，对于这所学校的这间教室，对于我们所生活的时代，这块毛皮都过于昂贵了。

这个女人侧身躺着，一只手撑着下巴，她的目光越过所有人，望向虚空。她时不时地咳嗽几下。

我看着她。看她的头发如何滑落，看在灰暗墙壁的映衬下，她的肩膀与宽阔的髋骨之间的线条，看她的皮肤呈现的光泽。

比起完美的美人，她过于圆润了些，尤其是膝盖部位。

我想起鲁本斯的一幅画，想起画上的裸女，小时候我和母亲在卢浮宫看到过那幅画，但我已经忘了名字。

毛皮上的女人忽然露出了短暂的笑容，我看见了她门牙之间的缝隙。但在一幅画上，她的脸露出笑容，看上去就不对了，这个女人哭泣时，这张脸才是最美的。

在我旁边，那些学生坐在画架前画着。碳笔在我的指尖消融。有时我眯起眼睛，试图将她仅仅看作一些形状与平面。我喜欢她小小的鼻子。我试着回忆应该如何画画。几分钟之后我便放弃了，只是看着她。我把我的伤疤藏在画架之后。

课时结束后，她站起来，接过一个男人递给她的毛巾。但她并没有把自己裹起来，她把毛巾折起，搭在自己的手臂上。她赤身裸体地走出教室。

我把那张空空如也的安格尔画纸卷好，插在我的背包里。

过了一会儿，她穿好了衣服站在室外，身边围了三个大声开着玩笑的男人。她在抽烟，眼睛望着街对面。我点头作别。她没看见我。

风穿进我的大衣，我并不觉得冷，径直朝车站走去。空中又开始飘起细碎的雪花。

在路上，我看见一处墙壁上挂着一幅海报，上面画着一个淡黄色头发的女人，我觉得很像绘画学校里的那个女孩。海报上写着："德国女人不抽烟，德国女人不喝酒，德国女人不涂脂抹粉！"

***

案件 1：斯坦纳女士及四名小孩

卡茨女士及两名小孩

格尔贝特女士及一名小孩

赫尔辛多夫女士及一名小孩

证人一：格尔达·卡赫尔　　证人二：艾莉·列夫科维奇

证人格尔达·卡赫尔和艾莉·列夫科维奇曾与被告同在西门子公司供职，但两位证人当时已丧失合法身份。她们白天容身于顺豪森大街 152 号的阿隆·弗佐维奇克家中。当她们前往洛林街 24—35 号拜访斯坦纳女士时，发现公寓门已被封。住在斜对面的威利·以色列告诉她们，被告与罗尔夫·艾萨克森长时间监视斯坦纳的公寓，因为很多非法犹太人在此处来往。一日，盖世太保在被告与罗尔夫·艾萨克森在场的情况下从公寓带走以下犹太人：

斯坦纳女士及四名小孩

卡茨女士及两名小孩

格尔贝特女士及一名小孩

赫尔辛多夫女士及一名小孩

这些人被悉数运往奥斯威辛。不久后，证人卡赫尔也被送往奥斯威辛。她打听了上述人士的下落，得知他们已全被被毒气杀害。

Bl.I/162—163

Bl.II/16, 38, 182, 184

***

车厢轰隆轰隆、嘎吱作响，车窗内侧蒙上了一层水雾。我坐在窗边，用手心在窗户上抹出一个可以看见外面的圆圈，额头贴在冰冷的玻璃上。我看见穿着制服和长筒靴的男人，还有身着齐地大衣的女人，看见贴满海报的广告柱，碧浪洗衣粉的广告（"去除污渍，安享舒适"），照相机的广告（"蔡司依康便携相机，摄影从此无拘无束"），还有一些我不认识的，似乎是女性用来丰乳的东西（"隆多丰，丰满你胸"）。

每一根旗杆，还有很多房子上都飘扬着卐字旗。一辆印着可口可乐广告的双层公交车开过去了。窨井盖冒着热气。车里有一个女人站在我旁边，她的大衣上有一个黄色星记号。她站在车厢里，虽然此时没什么乘客，还有很多空座。

"您请坐吧。"我说。

她摇摇头。

"您请吧。"我又说。

"我不可以坐。"她说。

我为自己能坐着感到羞愧，我不再看她。

我觉得自己离她很远，我问自己，怎样才能摆脱从下了火车踏入柏林时就如影随形的孤独感。那些旗子、高楼、带着六角星记号的人、喧嚣、气味，对我来说都太陌生了。从远处看，德国人显得那么高大，走近了才发现他们也和我一样矮小。高大的只有布景，尤其是旗帜。德国的旗帜很壮观。我打算尽快离开。

她无声地在我旁边落座，离我很近，她毛皮大衣上的毛蹭着我的手。

我转过来，看着她的眼睛。她很年轻，几乎还是个小姑娘。

从她的角度无法看到我脸上的伤疤。我很快又转过头，看着车窗里自己的样子。我不敢再转头去看她，我怕她看清楚我的脸。她朝前高耸着双肩，仿佛很冷的样子。她的呼吸有种樱桃烧酒的气味。她摸了摸我的手臂。

"真软和。"她说。

我不知道该说什么。我们并排坐着,沉默了好一会儿。

"请问我可以看看你把我画成什么样了吗?"她操着柏林口音问。我不肯,坐着摇了摇头。她膝头放着一包咖啡豆,用两只手紧紧地抓着。

"瞧瞧,我做模特挣了一整包咖啡豆。"

她拾起大衣上掉落的一根毛。我想起我卷起来的那张空白安格尔画纸此时正从背包里探出来。我那会儿没办法画她,现在也不敢和她说话,但她若无其事地找我搭话。我慢慢地弯身向前,额头靠在前面座椅的靠背上,闻着上了釉的木头味。

她伸手握住我的肩膀。她抚摸着我,仿佛她全都明白。

车还远没到站,我就先站了起来。她也起了身,她个头比我矮,但坐着时我们差不多。"再见。"我对她说,同时从她身前挪过去。我的膝盖碰上了她的大腿。她一路抓着座位扶手,跟着我穿过车厢。在走过一位佩有犹太星记号的女人时,她停下了,看了看手里的咖啡豆,环视四周后把它塞到了那女人的怀里。她没说一句话,继续向前走,直到和我并肩站在车门前。

"你认识那个女人?"我问。

她摇摇头。

"不危险吗?"

"什么?"

"帮助犹太人。"

她想了一下。然后笑了,但笑容转瞬即逝,脸色又变得严肃。

"我叫克莉丝汀。"她朝我伸出手。

"我叫弗里德里希。"

我们面对面站了一会儿，火车晃动得厉害，我们互相扶持着。我的手心出了汗，克莉丝汀从下往上地打量我，我盯着我的鞋。

我轻轻亲吻了一下她的手，说："对不起，我刚刚没有介绍自己。"我用瑞士德语和法语向她问好，"您好，尊敬的小姐。"

她笑了，回了一个屈膝礼。

"瞧瞧，是位瑞士先生。您好。"

我点点头，心里有点儿骄傲。

"是货真价实的瑞士护照？"

还从没有人问过我这个。我又点了点头。克莉丝汀的脸，或者说眼睛变得有点不一样了，也许是瞳孔放大了，她朝我走近一步。

"一个瑞士人待在柏林。"她说，"你为什么不承认画了我呢？我记得你坐在后面靠右的位置。"

她看见我了。

火车停下的时候，她没站稳，抓住了我的手。

"很高兴认识您，"我说，"我现在得下车了。"

"你是习惯了不回答我的问题吗？"她问。

她在车厢阶梯上紧紧抓着我的肩膀，跟我一块儿下了车。她穿的大衣太大，手缩在袖管深处，底边应该改过很多次，刚刚好晃在雪地上。她揽着我的手靠近她胸前，她说我把头靠着前座时是因为车太晃了，她有时也会因此而头晕。她要求帮我扛背包，并说要送我回家。从没有人对我说过这样的话。

"但您是位小姐。"我说。

"什么意思？"

"应该是我送您回家。"

"别傻了。"

我们穿过勃兰登堡门时，雪已压满街道。卐字旗在风中猎猎作响。克莉丝汀缓步走在我身边。我用眼角余光看她。

"出示证件！"

一名安全警察挡住我们的路。在酒店前面常有人检查护照，因为犹太人不允许进入政府区域。前台经理耸耸肩，称之为"犹太人禁令"。

克莉丝汀叹了口气，我们站住了。

警察看了我的护照两秒钟。

"我说的是身份证。"

"我是瑞士人，我只有护照。"

"不是帝国居民。"警察说完凑近我的脸。

"身份证，快点儿！"

"对不起……"

克莉丝汀伸出她的证件挡在我面前。

"您先看我的吧，长官先生。"

我看了看她打开的手提包，里面有一本本杰明·康斯坦的书，我后来才知道这是禁书。警察转向她。她向后整理了一下大衣的帽子，金色的头发在煤气路灯的照耀下闪闪发光。

"您瞧。"她略歪着头说道，含笑看着警察。

"您觉得这东西管用，亲爱的？"他一手握住警棍，"我说的是身份证。"

克莉丝汀抓紧我的手指。她哼了一声，说："您知道站在您面前的是谁吗？"

"您喝多了吧，小姐？"

在他们两人旁边，我觉得自己矮了下去。克莉丝汀提高音量，几乎毫无柏林口音地说出下面的话："站在您面前的，是党卫军一级突击队大队长弗朗茨·里德韦格。他是党卫军总部中校军医。"

"中校军医？"警察问。

"党卫军总部的。"

警察的目光在我和克莉丝汀之间来回闪烁。我努力正视他，但总是把目光移向别处。我手里捏着我的护照，那上面有我的真名。

"但是……"警察犹豫着。

"告诉我您叫什么名字。"克莉丝汀说。

"我的名字？"

"我要举报您。您是祖国的耻辱，如此对待一位党卫军一级突击队大队长，您应该感到羞愧。"

"可是……"警察转向我，"可是，大队长先生，您没有穿制服，我怎么能……"

"他当然不会穿制服，"克莉丝汀说，"今天还是星期一。"

克莉丝汀随即拉着我从警察身边走过。我不知道她在做什么，瑞士人在柏林逗留并没犯法。这名警察除了吓唬吓唬我们，也干不了什么，但冒充党卫军成员，可是有丧命的危险。

"我给他看看护照不就好了。"我轻声向克莉丝汀嘀咕，她还拉着我。

"安静往前走。"她说。

"他会逮捕我们的。"

"这儿不会抓人的。"

我希望她没注意我手心出了多少汗。

走出大概五十多步后，我们才断定警察是放我们走了。克莉丝汀用手肘轻轻地捅了捅我，她朝我笑，一片雪花落在她鼻梁上，融化了。

"为什么周一不穿制服呢？"我又问。

她嘻嘻笑着，耸了耸肩。

"你到底住在哪儿？"她问。

隔着巴黎广场，我给她指了指格兰特大酒店。她站住了，松开拉着我的手。我赶紧在裤子上揩干手心。

"不会吧。"她闭着嘴咳嗽了几声，挽住我的手臂。

"你是来度假的？"

我点点头。

"在这个酒店里？"

"是。"

"有点儿贵吧，嗯？"

我没说话。

在旋转门前，克莉丝汀又使了个屈膝礼和我道别。

"小子，下次给我看看你画我的画吧？还有，你周日晚上要不要来旋律俱乐部？我在那儿唱歌。"

她实际上说的是"小子儿"，听起来有点傻，因为她其实比我小，但我觉得挺好。

"可我不会跳舞。"

"你不会跳舞？"

"不会。"

"为什么不会？"

"我只在小时候和妈妈跳过。"

克莉丝汀摸了摸我的胳膊。

"小时候？"

"是。"

"嗯，你现在似乎也没长大。"

她转身准备离开。

"我没有画您。"我很快地说。

她笑出声，又转身看着我。她眼中是善意的好奇。

我们都安静了一会儿。

"你是什么意思？"

"我不能画。"

"为什么不能？"

"我只是看着您。"我的心怦怦地跳。

"我……"

她伸手摸了摸我的脸。我没说下去,她的手很干爽。

"挺好的。"

她用拇指滑过我的眉毛,行了个礼,转身走了。

"我能送您一段吗?"我在她身后喊。

她又转过来,说:"不用了,小子。"

她在嘴里夹上一支于诺牌香烟,用火柴点燃了它。她把香烟夹在食指和拇指之间。

她沿大道往前走,路边是光秃秃的大树,她走在路中间,走在碎石和积雪上。她步子不大,走得也并不笔直。她从大衣内侧口袋掏出一瓶酒,边走边喝。她留下的脚印微微向内倾,当我确定她不会再转身时,她却突然转过来,伸出右手向我示意。

我走到街道的另一侧,跟着她,因为我想多看她一会儿。她又转过身来,看着空空的酒店入口,用目光寻找我。她停了几秒,像是要长舒一口气。她从口袋里掏出一个袖珍镜子,打开盖子照了照自己,拨弄了几下她的鬈发。她低下头,静静地站着。香烟从她手中滑落。

克莉丝汀看起来像是站着睡着了,随后醒过来的是另一个人。她昂首挺胸,高抬着下巴。她沿大道向西边走去,大步流星,步伐坚定。

***

案件 4:希勒

证人：格哈德·希勒

格奥尔格·希勒到访格鲁内瓦尔德的制卡处。被告站在门口，向他告知："一切正常，卡片正在制作，您只需在隔壁房间等待。"但希勒和其他几位犹太人却在被告的安排下被捕，希勒被送往汉堡大街集中营，后来在奥斯威辛集中营被杀害。

B1.I/40, 165

***

我上了两个星期的绘画班，在酒店房间练习，逛博物馆，努力不去想克莉丝汀，但又因此想着她。我在谷仓区消磨了许多时间。

两个星期后，我给自己买了去伊斯坦布尔的火车票，并决定要去和克莉丝汀道别。

我问那位独臂的电梯员是否知道旋律俱乐部。他问我，知不知道这类夜总会是非法的。

"都是黑人音乐，先生。"电梯员说，"都是犹太人，先生。"

"音乐只是音乐。"我说。

"如果先生是这么想的话。"电梯员说。

那天晚上我走进酒店房间，发现写字台的镇纸下压着一张字条，上面写着街道名、房号和"莫阿比特区"，旁边还写着：

"当心！"

周六晚上我去了这个地址。酒店前的广告柱上贴着一张战争委员会的告示，上面写着："由于制造肥皂的油脂如今极为紧缺，请节约使用！不要将肥皂放入水中！不要用流水冲肥皂！避免打过多肥皂泡！保持肥皂盒干燥！勿扔掉未用完的肥皂块！多多使用刷子、沙子、浮石、草木灰、洗衣草（问荆）、烟灰帮助清洗，并在热水中反复洗涤！"

这是一个充满感叹号的时代。

柏林很吵。救赎教堂传来午夜钟声，驾车的马匹蹄声阵阵。小酒馆里透出小提琴和舞鞋踢踏的声音。木煤气车驶过，马达轰鸣。

但我走进了一条安静的、铺满沙子的街道，路边长满栗子树。我深呼吸着夜的空气。

熟料砖建成的厂房矗立在街边，俱乐部所在的房子灰沉沉的。

一直走到门前，才能隐隐约约听见里面的声响。

我把耳朵贴到门上，门没锁。我横穿过一个大厅，沿楼梯下楼，楼梯那头有一扇铁门。铁门上钉着一块牌子，写着：禁止爵士乐，帝国文化协会。我听到里面传出萨克斯风的声音。门铰链涂过了油。

一个小型爵士乐队在演奏，一个钢琴手、一个鼓手、一个低音提琴手，还有个吹萨克斯风的人。人们随着一首节奏缓慢的歌曲跳舞。半明半暗之间，我看见一个镀锌的吧台。吧台后站着一个身穿白色衬衫和背带裤的女人，她看起来纤直柔弱，等走近一点，才发现她脸上布满夏日的晒斑——尽管现在是冬天。空气很热，这就是我所期待的柏林，俱乐部没有窗子。

在晦暗的空间里，我感觉自在多了。

我在角落里一张桌子边坐下，地上趴着一条灰猎犬。

过了一会儿，门又开了，走进来一个男人。他太高了，不得不缩着头进门。一项毡帽遮住了他半个脸，他的大衣看着像是量身裁制的，他手里拿着一大块用纸包着的东西。猎犬睁开了一只眼，鼓手加快了节奏，当然，也许这只是巧合。

他脸上露出一丝古怪的微笑，所有人都看着他。他踩着音乐的拍子向吧台走去，长着雀斑的女人奔向他，他随着摇摆的节奏把她带进舞池。我觉得整首舞曲都是单单为他演奏的，他闭着眼跳完，亲了她一下，松开她的手，转身朝我的方向走来。我感到心跳加速。等他走近时，我看见他帽子下露出的金色头发。他比我年长，30岁左右的样子，但他的笑容让我想起一名儿时的同学。他脸上没有伤疤。

他在我面前跪在地上，从纸包里掏出一块精瘦的生牛肉。他腰带上别着一个手枪皮套，里面有一把手枪。猎犬吞食了那块肉。他环视四周，目光落在我身上。

"我能坐这儿吗？"他用手指着我旁边的椅子，问道。他的声音又高又脆，让我很意外，这与他的体型太不相称。他笔直地坐着。

"有人告诉过您，您有无比漂亮的睫毛吗？"他指着我的眼睛问。

我不知所措地点点头，当然没人跟我说过这些。

"也是禁乐之友?"他又问。

我不自觉地盯着他的手看,他正用一条白色的毛巾擦去血迹。

"我是说爵士乐,您也喜欢爵士乐?"

"我只是来见一个熟人。"

"太棒了。"他说,同时举起酒杯。他应该是在大衣的口袋里随身带了这斟着半杯酒的杯子,是个水晶烧酒杯。

"敬您的熟人。"他说。他边喝边从酒杯边缘冲我眨眼,他左手中指的指甲下还沾着血。

我们一起听了会儿音乐,一个看着像是南方来的女人高声唱着:

> 当黎明将我唤醒,
> 你却从来不在。
> 我知道你已将我抛弃,
> 直至阴影落下。①

"您知道吗,从马上摔下来后,波特已经好些年没写过歌了。"他轻轻地说,像是怕人偷听了去,"您会乐器吗?"

"以前拉过中提琴,拉得不好。"我说。

他瞧着我的手指,突然伸手抓住我的指尖。我很久没碰过中提琴了。

---

① 原文为英语,歌词出自美国词曲作家科尔·波特所作 *All through the night*。

"我们一定得一起合奏一次。您是瑞士人?"

我点头。

"瑞士哪儿?"

"日内瓦。"

"啊,日内瓦,大剧院,我们得为此喝一杯。"

他点了一瓶白兰地。他告诉我,他曾经有一个瑞士保姆,因此很喜欢瑞士口音,现在他家的女管家来自洛桑。随后他又说起科尔·波特曾在哈佛读法律,说他鼻子的形状显示出他是个聪明人。他说的真多。

不知何时他停了下来,问我:"您是做什么的?"

"您是什么意思?"

"您生活中都做些什么呢?"

"旅行。"我说,"我就旅行。"

"太棒了。"他说,"还有呢?"

"没了。"

"您总得做点儿什么吧。"

"我画点画。您呢?"

"别急。您为什么干这个?"

"我为什么学画画?"

"是的,老小子,您为什么学画画。"

我坐在那儿想了一会儿。他看着我。

"我很久不能画了。我在画画时感到安全,"我说,"在那些图画中我是安全的。您能理解吗?"

他抓住我的肩膀。

"不能。"

我从未遇见过谁有他这样的眼神，他的手从我的锁骨上滑过。

"也许我会喜欢您的。"他说。

我知道，他的一切都比我强。

他走出地下室，到门外去方便，长着雀斑的酒吧女郎走了过来。

"你是冯·阿彭的朋友吗？"

冯·阿彭。我摇摇头。

"不是。"

"他真是一位摩拉维亚王子？"

"对不起，我不知道。"

"至少是位男爵吧，我听说。"

"我不知道。"

"那你到底知道点儿什么？"

"我……"

"那个关于马的故事？"

我摇摇头。

"那你可一定得听听。"

"对不起。"

她一把抓住我西服的领子，凑到我面前，我都能感觉到她的体温。

"听好了，我给你讲讲马的故事：他曾经出现在波兰那边儿，东普鲁士的什么地方，那时，第二装甲师已经快把波兰佬干完了，就剩几个。那些下流的狗杂种，波兰鬼子。听说他们把手榴弹藏在袜子里，沾上树脂后，粘在坦克底下。贪生怕死的猪。有天晚上，冯·阿彭出现了。好戏来了：他骑着一匹黑马走进第二装甲师的军营，像死神的样子。有些人说他骑的是白马，好像那很重要一样。不管怎样，像死神那样。他没穿制服，没拿武器，除了一把剑。他只在腰带上别了一把剑。他说，他来是为了料理那些游击队员。单枪匹马。一个人一匹马一把剑。听说他在夜里也能看得见，像猫头鹰，而且他能骑马。跳起维也纳华尔兹像个精灵，拉小提琴也是专业的。好啦，他骑着马，来到舰长的帐前，说……"

冯·阿彭的手搭在我的肩上。雀斑女郎吓了一跳。

"战争童话时间？"他问，眨了眨眼。

"应该叫司令官，舰长是指挥船的。"

女侍应在他脸上亲了一下，回到吧台前。

"是真的？"我问。

"说我舞跳得像精灵？是的。"他回答。

"拿着剑？"

"当然没有。"

"那她为什么这么说？"

"大家喜欢听这些。"

"可这是撒谎。"

"是，又怎样呢。"

克莉丝汀上台时我们没立即发现。她低吟着歌曲，有些地方的声调不太对，她用带柏林口音的英语唱着。

她头发里插着一根孔雀羽毛，穿着一条紧紧包在臀上的波点裙。唱完第三首歌后，她看着我们。

"天哪！"冯·阿彭说，"您的熟人可不是台上那个吧？是吧？她真够劲儿！"

他用指关节跟着拍子敲着椅子的腿。

"我叫特里斯坦。"

"弗里德里希。"

"这女人奶子真大，您都能往里面塞点儿钞票。"他说。

"请别这样说她。"

"那是穆克。"特里斯坦说，像没事儿一样，用食指指着那条狗。

"意大利灰猎犬。"

我点点头。我不知道他想说什么，也不敢问他为何他的狗会被独自拴在这俱乐部里。特里斯坦弯下身子，挠了挠它的耳朵。

"这就是它的品种，小伙子，意大利灰猎犬，最好的品种之一，每天得跑20公里。您喜欢狗吗？"

"不。"我说。

特里斯坦笑了，好像听了个笑话。

"我能问您个问题吗，冯·阿彭先生？"

"叫我特里斯坦，随便问。"

"您是干什么的？"我问。

"什么都不干，"他说，"活着。"

克莉丝汀走下台，来到我们桌边。她和我打招呼，亲了一下我脸上的疤。我身上起了鸡皮疙瘩。

她悄悄在我耳边说："你来了。"我闻到一丝汽油和甘草的气味，那是我在家里时就熟悉的巴里斯托枪械护理油的味道，但也许只是我的幻觉。她将一缕金色的鬈发捋到耳后，但它很快又掉出来了。

你来了。

她朝着特里斯坦行了个屈膝礼，但那样子像是在嘲弄他。他用纤细、保养得当的手指握住她的手，还了个吻手礼。他指甲下的血迹不见了。

"我仰慕您很久了。"他说。

"谢谢。"她说。

"您唱的是《月光》？"特里斯坦问。

她食指放在半张开的嘴唇上。

"被禁了。"她轻轻说道，笑了起来。

"棒极了。"特里斯坦说。

接下来整个晚上我都只是听众。能这样近距离地看着克莉丝汀的酒窝，我感到幸福，特里斯坦优雅地晃动手臂谈论起爵士乐，也让我感到美好。他时不时拍拍我的肩，好像我们已相识多年。克莉丝汀在吧台给我点了火腿面包，却自己把它吃了。她把手指放在我的膝盖上，还从没有人这样触摸过我。

她吃着从手提袋里掏出来的夹心巧克力。她给特里斯坦折了折帽边。她飞快地喝酒，让我们给她计数。特里斯坦醉了，靠在桌子边上。

那是一个清冷的早晨。

我们离开俱乐部时，厂房大厅玻璃上结了白霜。克莉丝汀用胳膊挽着我们，特里斯坦摇摇晃晃地，克莉丝汀却走得笔直。那条狗在我们身边小步急行。特里斯坦把白兰地酒杯放回了他的大衣口袋。他坐进停在门前的汽车里，把狗抱到怀中，抚摸着它耳后的绒毛。

"Aut viam invaniam aut faciam,"① 他说，并用食指着我问，"这是谁说的？"

我没出声。特里斯坦点燃发动机。

"汉尼拔。跳舞吧！"他边说边把手搭在我的手上，抚摸着。

"你感觉怎么样？"他问。

他开走了，并没有指望我的回答。他车前窗上结了冰。

"好好睡觉，醉鬼！"克莉丝汀在后面喊。

她领着我在冻得硬硬的街石上走着，在经过三棵栗子树之后吻了我。我眨着眼睛，她双手紧紧抓着我的背带。

"inveniam，不是 invaniam，"她说，"这个装腔作势的家伙。"

她的手摩挲着我后脑勺的头发。她闻起来是烟酒味儿，她的鼻子冰凉。一阵咳嗽让她松开了，但我觉得也很好，因为她咳嗽

----

① 拉丁文，其中 invaniam 应为 "inveniam"，该句意为 "要么找到一条路，要么创造一条路"。

时下巴靠在我的肩上。她很会拥抱。白兰地让我有些反胃，但我愿意这一夜永不结束。

"我的瑞士小子。"她说。

"从前，我有时会觉得我是个隐形人。"我说。

"你多特别啊。"

"就像我不在场似的。"

我不知道，为什么在这一刻我想起说这些。

我感觉到她的双手在我的大衣底下是如何越滑越高，滑向我的后脖子。

"现在，你在我这儿了。"

我用大衣裹住她，让她暖和。

在她给我这个早上的最后一次亲吻之前，我问了她让我疑惑了好几个小时的问题。

"《月光》。"我说。

"是的。"

"为什么被禁止？"

"是班尼·古德曼的歌。"

"所以呢？"

放在我后颈上的手紧紧抓住了我。

"他是犹太人。"她说。

她把手从我的大衣里拿出来，往后退了一步，将食指放在嘴唇上，然后贴在我的嘴上。她独自向着晨曦走远了。

***

案件 6：哈伊姆·霍恩与他的妻子和两个孩子

证人：艾尔瑟·魏德

被告来到位于柏林文特地区罗森塔尔街 29 号的盲人工厂，工人大多是藏身于此的犹太人。第二天，因被告的检举，盖世太保逮捕了全部犹太人，并将他们运往汉堡大街集中营，其中包括哈伊姆·霍恩与他的妻子和两个孩子，他们被捕时正藏身于一个被衣柜遮挡起来的隐蔽空间中。后来，霍恩一家和其他犹太人被运往特雷津和奥斯威辛集中营，此后下落不明。

Bl.I/15, 112, 188

1942 年 2 月 美国政府电台《美国之声》首次播出德语节目。德国海军舰队在本月的作战战场是：北大西洋、西大西洋、大西洋中部与南太平洋、太平洋西南部、太平洋中部、挪威海、北海、地中海、波罗的海、印度洋、黑海、比斯开湾。犹太人被禁止在德意志帝国内饲养宠物。格伦·米勒以单曲 *Chattanooga Choo Choo* 创造了音乐史上第一张销量超百万的金唱片。约瑟夫·戈培尔博士对纳粹党员的"十诫"之二："德国的敌人就是你的敌人，应恨之入骨。"奥斯卡颁奖礼在洛杉矶巴尔的摩千禧酒店举行，沃尔特·迪斯尼获得"最佳动画短片"奖。来自鲁斯巴赫的小农布拉西乌斯·蒂格鲁伯和他的妻子因私宰生猪被萨尔茨堡特别法庭分别判处两年和一年监禁。美国政府某监控委员会宣布,将全美铝矿生产收归国有。戈培尔在日记中写道:"我们必须通过愉快的电台音乐、更轻松的文学等方式获得放松的可能。"意大利餐馆获得的配给定额仅供在星期六提供肉食菜肴。从上西里西亚的比托姆开出首辆载着犹太人驶往奥斯威辛的火车。

**

我把我那张去往伊斯坦布尔的车票放过了期。接下来的日子里我每天都在练习中度过,那是艺术学校里的一位老师布置的作业。我试着画一个苹果。

我把它放在窗台上。老师说,通过画苹果可以联系如何画简单的物体。我试着寻找苹果暗影的核心,最暗的地方,以此作为画的焦点。我小时候画过许许多多的苹果,这是初学者的训练,但我想着塞尚是如何画苹果的。第三天中午,我吃掉了这个苹果。

我在艺术学校的秘书处打听克莉丝汀的姓氏。

"您是她的拉丁语学生吗?"女秘书问我,她的眼镜磨损太严重,我很怀疑她能不能看清我,但她似乎看出了我眼中的疑惑。

"克莉丝汀小姐给拉丁语学校的几个小伙子上课,帮他们补习语法。"

"您确定?"

"我不确定,没人能确定。但我测试过克莉丝汀,她对变格了如指掌。"

"您知道她姓什么吗？"

她思考了一会儿。

"不，对不起。我还从没想到过这个。"

我晚上去旋律俱乐部，问了那儿的女招待。

"在这儿唱歌的，没人叫克莉丝汀。"她说。

我房间的电话响起，前台经理告诉我，有位冯·阿彭先生正在大厅等我。我感到血涌上头，离旋律俱乐部的那一晚已经过去两个星期了。

特里斯坦靠在大厅的大理石柱上，正在看《黑色军团》①报。

"你感觉怎么样？"他问，轻柔地和我握了手。

我在过去的那些天里感到如此孤独，简直恨不得想拥抱他。他梳着分头，穿一件双排扣细条纹羊毛西服。从大厅地毯上匆匆而过的女服务生们偷偷打量着他，又在被他发觉时露出微笑。他闻起来像烫熟的淀粉，又像我水彩盒子里那普黄色的颜料。我没问他是怎么找到我的。

"那晚怎么样？头还晕吗？"他问。

我看着地毯。

"那么多冰毒，够把一头大象撂倒了。"他说。

"你在说什么？"

"噢，小克莉丝汀不离嘴的夹心巧克力，用冰毒泡过。"

特里斯坦把一只手搭在我的肩上。这感觉很好，我想，这就

① 纳粹党卫军的官方报纸。

是德国人啊。

他和我一起穿过大厅，一直来到一辆灰色大众汽车前，才将我松开。特里斯坦上了车，从车里打开副驾驶座的车门。我不知道我们要去哪儿，但我喜欢和他在一起。轻松。他一直轻微摇晃着身体，像是在听着音乐。

"红木。"特里斯坦叩击着方向盘说。

他小心地开过柏林空空荡荡的街道，来到萨维尼广场，一路哼着歌。

他下了车，在一座房子外的墙边停了下来，看着前面有一只一动不动蹲在地上的小松鼠，他蹲下去，把它抱了起来。

"哦，我的小可爱。"他说。

松鼠是怕人的动物，但这只松鼠似乎一点也不害怕特里斯坦。

"看一个人是怎么对待动物的，我就能告诉你他的心长没长对地方。"他说。

一名头戴小帽的门房在走廊里迎接我们。大门边上挂着一块珐琅牌子，上面写着：仅供主人出入！

特里斯坦的住处对一个单身汉来说太大了。房间明亮，饰以石膏花纹，餐桌大得足以举办晚宴，桌面上有一把倚靠在空花瓶上的小提琴。走廊里挂着枝形吊灯。更衣室里有一排百合花状的衣钩。起居室里铺着一张铜网制成的击剑垫子，在一个约一米宽、钉在墙上的木板上有许多黏土制成的猫头鹰，一些很小，最大的和真实的猫头鹰一样大。特里斯坦把它们按色彩亮度排列。

我还从来没见过一间公寓有这么巨大的窗户。夕阳余晖斜斜地落在地板上。

特里斯坦把松鼠托在手里，用大拇指抚摸它的头。

"我们会再来照顾你的。"

他从隔壁房间拿出一个纸箱子，放在窗台板上，把那只小动物放了上去。

"好了，"他说，"玩过击剑吗？"

他递给我一件防刺上衣，在我面前脱了衣服，准备穿上击剑服。他把裤子叠起来，把西服挂在衣架上。他肤色苍白，肌肉长而瘦。

"只有在战斗中才能最好地认识一个男人。"他说。

我觉得有点荒唐。

"我以为那个佩剑的故事是瞎编的呢。"我说。

一名戴着白色小帽的女士出现在门口，她看了看装着松鼠的敞开的纸盒子，垂下了目光。

"晚上好，小姐，"特里斯坦用法语对她说，"能给我们拿一瓶啤酒吗？屋里有羊乳干酪吗？"

他说法语时，带有我熟悉的瑞士人的硬朗口音。

"马上，冯·阿彭先生，"她用带着法语口音的德语回答，又换成法语说，"洛克福干酪，自然是有的。"

他们开始用法语交谈。

"小姐，窗户边上有一只小猫头鹰，注意到了吗？小心，别让穆克靠近它。"

"对不起，阿彭先生。我得纠正你。"

"亲爱的，请随意。"

"你犯了一个小错误。其实不是猫头鹰，是松鼠。"

"啊，谢谢你，亲爱的，对不起，对不起。谢谢你告诉我。当然是松鼠。谢谢你。"

"我很乐意，亲爱的主人。"

特里斯坦左手指向窗台上的松鼠，露出了胳膊。我看到他的二头肌上有一个小小的文身，一个暗色的 O。

"今晚放个假如何？和她们一起去阿努什卡电影院吧。"

"好极了，阿彭先生。"

这位女士离开了房间。特里斯坦说："她是个天使，会单手折床单。法语也棒极了，我还在练习法语。"

我很快换了衣服。击剑服太长了，我不得不卷起袖子。特里斯坦递给我一把剑。

"这把剑，"他说，"长度 1 米 1，我量过。三棱的，弹性好，最好的索林根钢。"

看来他喜欢老师的角色。

"以前只有贵族能用，但现在不存在贵族了，对不对？不管怎样，这是最好用的战斗武器。"

我的手指滑过剑的尖头，是钝的。

"也是最致命的。"特里斯坦说着，拿剑尖指着我的胸，我的心脏跳动的位置。

我左手拿着武器。对我来说，故意走错步子不是难事。

我们打了三局，没有计分，我全输了。特里斯坦动作很快，

臂展也长。有那么一会儿，他跟着《黑褐色的是榛子》的曲调节
奏使剑。

"你是个天生的击剑手。"他在最后一局比赛结束后说。

然后我们去吃洛克福干酪，用石罐喝从地窖拿上来的啤酒。
一滴汗珠从特里斯坦的鬓角上滚下来，掉进他的罐子里。

"奶酪味道好吗？"

我点点头。

特里斯坦说，在战争中，我们很容易忘记自己是谁。他说德
国是一个文化民族，是海涅和瓦格纳的故乡。他说，这就是为什
么美食很重要，因为美食是我们文化的表达，不能因为战争，我
们就忘记这一点。他说："别人看到黑暗。我看到美。"

他指着奶酪："这个来自红孩儿市场①。"

我看得出他有多骄傲。

"定量供应？"我问。

"但有人的量比别人多。"他思索了一下，"你赶上好吃的了，
老伙计。尝尝施普雷河小黄瓜吧。"

女管家还送来撒了糖、存罐密封的草莓。特里斯坦谈到亚特
兰蒂斯和瑜伽，马达加斯加和卡尔·施米特。他说，难怪以色列
人看起来很糟糕，毕竟现在他们不被允许再进理发店了。

我不住地看着印在糖罐子上的一句话："节糖是完全错误
的——身体需要糖，糖提供营养！"

_____

① 巴黎最古老的室内市场。

特里斯坦放上一张乐器演奏的爵士乐唱片，用两把银制黄油刀按节奏敲打着糖罐。

"我不能理解这种关于犹太音乐的废话，"他说，"我的意思是，你爱听萨克斯风吗？"

我很高兴他这么说。

照明充足的墙上挂着一个玻璃箱，里面有一根羽毛，被针固定在玻璃箱后壁上。我起身去看，它泛着黑黝黝的光。

"你知道那是什么吗？"特里斯坦问。

他并没有等我回答。

"鸡毛。海因里希·鲁伊特伯德亲自送给我的，那是他养的鸡。"

特里斯坦打开沙发边上写字柜的抽屉，从里面拿出一把左轮手枪。

"这也是他送的，"他把枪拿到灯光下，"你朝人开过枪吗？"

他回到饭厅。朝街的大窗户前有一棵栗子树，它的树枝伸到了窗玻璃上。

"你们瑞士也有松鼠和灰松鼠之间的驱逐战吗？有吧？"

我第一次听到"灰松鼠"这个词。特里斯坦开始长篇大论，说不知是谁将原本生活在北美的灰松鼠带到英国，而现在灰松鼠几乎要将松鼠的地盘侵占殆尽。为了恢复自然的平衡，他每天晚上坐在窗前，等看见灰松鼠出没，就一枪把它从树上打下来。

"每次我都得下狠心。"他说，然后呆呆地看着窗外。

他从桌边搬出两把椅子，拿来我们的大衣。我和他并排坐了一会儿,脚搭在窗台上,看着外面的夜色。我既没瞧见松鼠,也没瞧见灰松鼠。当然,即使我看见了,它们在我眼中也都将是灰色的。我没有对特里斯坦说起这些,因为我不想令他失望。

他打开了武器的枪管,取出子弹交给我。子弹好好地放在我手里,凉飕飕的,前面光滑,后面有可以用指甲拨动的凹槽。

"送你留念。"特里斯坦说。

"谢谢。"

"我可以问你个问题吗?"

我点点头。

"你到底在柏林干吗?我的意思是,现在是战争时期。你可以去任何地方旅行,为什么偏偏来这儿?"

"是很荒唐。"我说。

特里斯坦笑了。风吹过栗子树的树枝。

"生活很荒唐。"

"真相。"我说。

"是,千真万确。还有呢?"

"不,我是说,我在寻找真相。"

他收起笑容。

"那很好。"

他抓住我的手,紧紧握着。另一只手上拿着枪。

"那你呢?"我问。

"我?我在寻找什么?"

"不,你有没有开枪打过人?"

他看着手里的左轮手枪。外面的树沙沙作响，我尽力不去注意。特里斯坦说："火药味儿可真是美极了。"然后他笑了。

和新朋友共度良宵本是美好之事，但施普雷河黄瓜让我的胃灼痛，我离开了。一辆出租车把我送回了酒店。一切都很好，我试着这样想。这不是我梦寐以求的朋友吗？

我问自己，为什么要故意用左手拿剑，这算不算一个谎言。

***

案件 3：费伯尔太太与孩子

证人：1. 卡赫尔女士　2. 艾莉·列夫科维奇

犹太搜查员贝伦特和勒维克在亚伦·普佐沃茨克家中逮捕了费伯尔太太与她的孩子。亚伦·普佐沃茨克此前已被逮捕运走。在汉堡大街集中营里，证人遇见了将和她一起被运送至奥斯威辛的费伯尔太太。卡赫尔女士亲眼见到费伯尔太太被毒气杀死。证人表示，虽然被告没有出现在逮捕费伯尔太太的现场，但她打听过在普佐沃茨克公寓中非法居留的犹太人。

Bl.I/2

Bl.I/158, 159

Bl.II/158

1942 年 3 月　电影《伟大的国王》在柏林 UFA 宫影院举行全球首映。吕贝克 [1] 在英国皇家空军轰炸后起火。在华沙犹太人区，一位名叫马塞尔·赖希–拉尼茨基的青年乐评人开始为犹太人报纸《犹太报》写稿。约瑟夫·戈培尔博士对纳粹党员的"十诫"之三："每个民族同志，包括最穷的穷人，都是德国的一部分；应爱之如己。"夏尔·戴高乐将军的法国部队成功进军意大利占领的利比亚。为全面利用德国铁路进行战争运输，将严厉处罚无恰当理由的私人乘车者。莱因哈德·海德里希命令犹太人用纸制白色星标记他们的住所。慕尼黑阿尔梅达宫举办画家阿尔弗雷德·库宾作品展。戈培尔禁止德国剧院演出盖哈特·霍普特曼的戏剧《织工》。帝国内所有时装界从业者必须成为帝国造型艺术协会会员，以实现超越法国时装的目标。德国实业家、工程师和发明家罗伯特·博世因耳部感染在斯图加特去世，他在死前已确保博世工厂有足够多被强制劳动的工人来完成国防军订单。

＊＊＊

2 月中旬，我收到了一封伊斯坦布尔来信，父亲在信中问我何时继续旅行，他提到他最近对苏非主义 [2] 体会不错。随信还附有一张照片，背面写着："舒莱，1939 年。"照片里是方济各会修道院后面我的那片湖。父亲还问我对纳粹感想如何。我喝掉了

---

[1]　吕贝克市位于德国北部石勒苏益格–荷尔斯泰因州，距离汉堡 60 公里。
[2]　伊斯兰教的神秘主义派别，起源于禁欲主义，伊斯兰教内的虔诚者以此规范自身的宗教生活。

半瓶白兰地。

***

案件 33：戈德斯坦，或名戈德贝格

证人：哈里·阿坎萨斯

　　证人哈里·阿坎萨斯七月政治罪刑满释放，开始在位于白湖区的佩施乐公司工作。被告出现在工作区门口，并要求厂主佩施乐将一名犹太雇工唤出随她离去。佩施乐紧接着告诉证人，被告出示了印有"贾高"名字的盖世太保证件。被带走的犹太人下落不明。

Bl.I/40, 165

***

　　第二天，整理房间的清洁女工一大早就把我吵醒了。她正每日例行地把毛巾放进浴室。我翻了个身，嘴里干干的，舌头都粘在了上颚上。

　　"这里可真好呀。"

　　克莉丝汀双脚并拢站在门边，她穿着羊皮靴，看着柜子里的书。她的头上斜戴着一顶蒂罗尔帽。

《论永久和平》，我还没读过这个。"她摩挲着一本书的书脊说。

她脱下鞋子和袜子，对我说："我最好现在就告诉你，我总是要脱掉袜子，否则我会感到很不自由。"

克莉丝汀走过房间，拉开窗帘，打开一扇窗。我没有穿睡衣。

"我们干点儿什么好呢？"她问，在我床脚坐下。

"克莉丝汀小姐……"

"克莉丝汀。"

"克莉丝汀……我……恐怕我得先请您转过身去。"

她脸上露出笑容。

"这样吗？"

她走到窗边，指尖撑着窗户，脸朝外面。

"我不会看的。"她说。我从她的声音里能听出来，这场景让她感到多么高兴。我大步走向浴室，透过关上的门我听到她的笑声。

我用冷水洗了把脸，嚼了一点牙膏，裹上浴袍。我感到奇怪，如果不跟酒店前台自称是我的女人，她怎么可能直接进到我的房间。

我回到房间，克莉丝汀正站在画架前看我的草稿。她从锡纸里剥出一颗夹心巧克力，腰靠在窗台上。

"我们可以去冬园的瓦利特，或者波茨坦的祖国之家听听爵士乐，旋律俱乐部当然总是可以的。又或者，你知道柏凌格吗？"

她摸着窗帘。

"我敢打赌，这酒店还有现磨咖啡呢。"

我打电话给前台，让他们把早餐送上来。平时我早上只喝两杯茶，可是这天，因为克莉丝汀站在旁边，我听到自己对服务员生说，有什么就请尽管都送上来。

1942 年的德国，每个成年人每月只能得到数量有限的食物、肥皂、衣服和煤炭。每周四磅面包、300 克肉、280 克糖、206克脂肪、110 克果酱以及八分之一磅由菊苣根或大麦芽制成的咖啡替代品。在酒店，每个服务员都挂着一把小剪刀，用它剪掉食物定量卡片；但客人也可以不用定量卡吃喝，只要付得起价钱，前台经理能从黑市找到供应。我对吃的不感兴趣，我感兴趣的是克莉丝汀。我管付账。

两名服务生把椅子和一张桌子搬进房间，铺上浆过的布，在上面放上热热的辫子面包、野蔷薇果酱、冷肉、奶酪和一篮子苹果。我看到克莉丝汀是如何注视着食物，露出笑容。服务生还在桌子边放上一桶冰块和一瓶气泡酒，我看见酒有点儿反胃。克莉丝汀喝了两杯，吃了起来。她给面包抹上厚厚的黄油，放上盐和黄油吃下两个柔软的鸡蛋。

"我的天哪！"她感叹道。

我喝着茶。

"老实说，我已经完全忘了咖啡豆磨出来的咖啡多好喝了！"克莉斯汀说。她把杯子放在腿上。

看得出她出身平凡。如果我把咖啡杯放在托盘以外任何别的地方，或者把酒杯斟得满满的，我母亲一定会用藤鞭打我。

克里斯汀喝着笑着，说她正试唱一首新歌，还说想和我夏天一起去兰德维尔运河游泳。我喜欢听她说话。

她把咖啡倒入橙汁杯中，把烤肉放在辫子面包上，直接从酒瓶里喝香槟。

三刻钟之后，她把双手放在肚皮上。我从没见过哪个女人这样吃东西，家里的厨娘也不曾这样。

"现在睡觉。"她说。她一人喝了一整瓶香槟。餐桌紧靠着床，她一下扑倒在皱巴巴的被子上。

她又从床边的书架里拿了一本小说，从中间打开，看了起来。她看了好一会儿。我看着她，在想是否应该让她独自安静地看书。

"能再给我们来一瓶吗？"她指着香槟桶问。在那天以前，我的房间一直空空如也。

我很快穿好衣服，来到一楼的酒吧。酒保以他一贯礼貌而一视同仁的微笑和我打招呼，大家都叫他"胖子弗朗兹"，他留着翘胡子，但身材苗条。

我猜想，今天早晨有个女人去了我房间，酒店里每个人可能都已经知道了。我点了一瓶香槟，我本可以从房间打电话，但我太激动了，完全没想到这个。

胖子弗朗兹弯下腰，我听到玻璃叮当声，随后他把一瓶香槟放在吧台上，瓶上贴着一个湿漉漉的标签。他笑着用手掌拍了两次软木塞，说："不一定总得喝小红帽。"然后便开始擦杯子。他轻声说："小心点，同志。"

我停下脚步。

"碳酸，"他说，"有些人消化不了。"

房间的双层门都开着。如今我回想起那天的事儿，总是先想到光。柏林的光线又冷又硬。只有在春天来临前的那几天，光线会像那天一样，但也许只是我美化了我的记忆。

我的目光落在床上，看到衣服和滑落的内裤，我又看向窗边画架旁的沙发，克莉丝汀坐在沙发靠背上。她的睫毛低垂着，手里拿着一个苹果。门无声地滑入锁中。

克莉丝汀说："我不会和你睡觉的。"

她的呼吸声清晰可闻。

"在学校里，我一直是跑步冠军。所以，我的大腿很结实。"

我的心跳得那么响，我肯定，她能听到我的心跳声。

"你想再试一次吗？"她问。

"我……试？"

"哦，画苹果。"

她似乎是观察了一会儿我对她裸体的反应。

"过来。"她说。

我看着她的嘴，向她走过去。她坐在沙发靠背上，比我高出很多。等我站在她面前时，她一手伸进我的脖子，把我拉向她。

"你真乖。"她说。

她开始用额头摩擦我的脸，她散发着新鲜面包的酵母香味。她伸手把香槟酒瓶拿过来放在大腿上，她慢慢转着铁丝篮，让软木塞砰的一声弹开，泡沫流进沙发的软垫里，留下了一个印子。

她抚摸我的手。

"和我在一起的时候，你不能总是攥着拳头。"她说，然后抓住我的手指，把它们掰开。

我希望她能拥抱我，等她这样做时，我知道这真的很好。

"你能叫我小不点吗？我喜欢那样。"

我无法对这个女人说不。她大声呼吸，牵引我的手。她温暖又柔软。

"小不点。"我说。

阳光透过窗户，落在我们的皮肤上。

***

案件 37：冯·德雷维茨-勒本斯坦

证人：约瑟夫·冯·德雷维茨-勒本斯坦

当证人约瑟夫·冯·德雷维茨-勒本斯坦离开位于约阿希姆斯塔勒街的艾兴格酒馆时，罗尔夫·伊萨克森突然对他说："站住，我们找了你十四天，终于找到你了。"伊萨克森和被告逮捕了证人，并将他带到动物园火车站，然后从那里乘坐轻轨到达汉堡大街集中营。几天后，证人被送往特雷津集中营，在那里被关押至战争结束。

Bl.I/44, 186 a

1942 年 4 月 因为做黑市屠宰生意，一名柏林屠夫被处以绞刑。法律规定妇女有为德国军备工厂工作的义务。罗杰·查普曼出生。贝尼托·墨索里尼在上萨尔茨堡会见阿道夫·希特勒。流行歌曲《莉莉·玛莲》被约瑟夫·戈培尔禁止演唱，因为他发现歌曲演唱者莉丝-洛特·海伦娜·贝塔·威尔克（又名拉莉·安德森）与瑞士犹太人交好。作为"四年计划"委员，赫尔曼·戈林将公共行政部门的每周工作时间增加到 56 小时。约瑟夫·戈培尔博士对纳粹党员的"十诫"之四："只要求你自己的义务，则德国必将重获公正。"在袭击德国占领军后，巴黎所有剧院和电影院停业三天。在俄国，融雪期到来，作战同时也大规模地陷入停顿。一家由戴姆勒-奔驰公司负责管理的军用车辆修理厂在白俄罗斯明斯克开建。德意志帝国境内禁止犹太人使用公共交通工具。在俄罗斯的德国军团几乎得不到补给。800 名威斯特法伦犹太人被驱逐出阿恩斯贝格行政区。国会在最新一次会议中任命希特勒为"最高司法官"，并授予他无限制的决策权。

***

从那天起，克莉丝汀和我就总在一起。她每天早上乘坐电车过来。我们从黑市买食物，透过酒店的格窗望着柏林。

她喝很多酒，甚至在早晨，但酒精却不会像改变我母亲那样改变她。如果她吃了超过三颗夹心巧克力，有时就会在半夜把我柜子里的全部东西拿出来又放进去。她用她的方式叠所有的衣服——她向内翻转衣领，将衣袖叠在衬衫胸前。

她希望我搬到一个更大的房间，于是我住进了上面一层带客厅和黄铜浴缸的套房。"我的天哪！"她又感叹。

和以前一样，我把旅馆账单寄给父亲。我给他写了一封信，说我会在柏林多待一阵儿。我没回答他关于我和德国人处得怎么样的问题。

房间很大，我的脚步声在木地板上回荡。

克莉丝汀告诉工作人员她是我的未婚妻，对此我什么都没说。单臂电梯员说："向这对年轻的夫妇致以衷心的问候，希特勒万岁！"

克莉丝汀喜欢那个铜浴缸，她躺在里面对着瓶子喝酒。她要泡很久，以至于得不断补充热水。她读书柜里的书，并求我给她找海明威被禁的小说。

她从泡沫里出来时，小巧的脚底下的皮肤都皱了起来。她浑身散发着香皂味。我喜欢做把她弄干的工作。在这段时间里，她的咳嗽声变得轻了，而我的画变得更加准确。

克莉丝汀喜欢在我的衬衫里夹上小纸条。她写很小的字。

在我的枕头下有一张："你真好闻。"

有次当我正要独自离开酒店时，前台经理拦下了我，递给我一张折叠的纸条："今晚你会对我好吗？"

我从左脚鞋子里找到的一张纸条上写着："弗里茨，我为你感到骄傲。"

我觉得她有点儿过火了，但每张字条都让我高兴。

"你要带我去你湖边的别墅吗?"克莉丝汀问，并不在意我告诉过她，我家房子离湖边还有一点距离。

"有湖就好。"她说。

和她一起回家，我喜欢这个念头。

"你要带我去你的湖边别墅吗?"

"以后。"

"说好了。"

她说最喜欢别人用油画画她（"那颜料真好闻"），她说起作为歌手的未来打算（"老实说，我希望有一天能有铺天盖地的鲜花向我扔过来"），说她如何对付她的公猫（"我的独门秘方就是鲱鱼卷"）。她还谈到她的父亲，早晨穿着睡袍弹奏钢琴样子让她觉得多美妙，她妈妈则能做世界上最可口的蛋饼。当我沉默的时候，她好像并不在意。

她把一盒盒的避孕套带到酒店，把空盒子摆在窗台上，还不允许清洁工丢弃。

克莉丝汀喜欢给我出一些主意，那都是她从美术学校听来的。

"你只要专注负空间就好，"她说，"将对象看作是形状的组合，懂了吗?"这对画苹果管用，尽管苹果周围的负空间相当有限，画她时就无济于事了。

我问她从哪里弄来那么多夹心巧克力，花了多少钱。她说："你好奇心可真强。"

她不在我这儿过夜。当我问她住在哪里时，她伸出食指威胁说，如果她晚上不回家，她妈妈会担心的。

我怎么会那么天真？

当人们回首往事时，是不是总会这样问自己？

有天夜里我又跟踪了她一次。在她起身离开后，我等了一会儿便跟了上去。在政府区，她走得很快，向西行。她跟遇到的每一个警察说话。她披散着金色的头发，没人查她的身份证。在蒂尔加滕公园，她开始加快步子，然后跑了起来。我不明白为什么，跟着跑了几分钟便喘不上气来。我只能看着她，看着她的身影消失在树丛中。

有一天，她的头靠在我的肚子上，她问我："你最喜欢什么颜色？"

"什么意思？"

"你最喜欢的颜色啊，小孩儿。"

"我没有。"

"人人都有的。"

"我是色盲。"

她转向另一边。

"对不起。"我说。

"好吧，应该是我说对不起。可怜的人儿，红绿色盲？"

我没有看她。我给她讲了车夫的故事。

克莉丝汀抚摸着我的头发。我看着她在思考问题时眉间拧起的小皱纹。

"很糟糕，是吗？"我问。

“我该让你重见色彩吗？”

“至少能看见红色，我妈妈总是这么说。”

“可别是红色啊，太无聊。”

她坐了起来。

“当然应该是浅绿色。”

我们手拉手去了蒂尔加滕公园，她带着我走到一棵年轻的山毛榉前。

“看着。”她说，她握着我的手，在我的食指和拇指间塞进一片树叶。

“浅绿色，就像一个青涩的早晨。”

“你说得真美。”我说。

“撒谎。”她拽着我脖子上的头发，把我的脸凑到她面前。

那天，我向克莉丝汀示范了如何吮吸丁香花蕊里的花蜜。

她说，每当我思考时，总会这样可爱地噘起下嘴唇。

我们在一个公园标示牌下接吻，牌子上写着：“市民们，请爱惜你们的设施。牵狗时请拴绳。”下面还有一行小字：“按帝国居民法，黄色长椅供犹太人使用。”

长椅都是灰色的。

她说：“我的眼睛是蓝色的，你能看到吗？”

“我还以为是绿色的。”我说。

***

案件 5：雷根斯伯格

证人：保罗·雷根斯伯格

被告在选帝侯大街与约阿希姆斯勒大街的交汇处向证人保罗·雷根斯伯格打招呼，后者在此前曾见过被告一次。被告向雷根斯伯格抱怨缺少衣食，而雷根斯伯格并不知晓她曾进入过集中营，因此以为她在非法状态下生活。在她的提议下，两人去往"克劳斯勒"餐厅就餐。随后被告称需打电话而离开证人。当她回座时，雷根斯伯格嘲讽地说："是给您的男朋友打电话了？"被告回答："不，这次不是。"大约十分钟后，被告再次起身，离开桌子，突然，几名盖世太保成员走了进来，其中有集中营长官杜伯克。雷根斯伯格被运往汉堡大街集中营。在被转送至奥斯威辛的途中，他成功从货车中逃离。

Bl.I/10, 217, 218

***

春天来了，我更频繁地去美术学校。学生人数却少了。

"人都去哪儿了？"我问那位带着模糊眼镜的秘书。

"从里斯本乘轮船走了。"

"去哪儿？"

"您是开玩笑吗？"

"不是。"

"去安全的地方，傻瓜。"

"那您也感到恐惧吗？"我问。

她怒气冲冲："恐惧，恐惧，战争，和平。没完没了地谈论最终胜利，没完没了地说着战争、犹太人和俄国佬，天天说胜利。全都是鬼话。不如告诉我什么时候能买到正常的肥皂？"

克莉丝汀、我和特里斯坦一起去公园，坐在毯子上吃特里斯坦从白色纸盒子里掏出来的牛轧糖，他悄声说："这是从蒙特利马弄来的。"

我们旁边的毯子上站起来一个智障女孩，她穿着花裙子，笑着朝我们跑过来。特里斯坦招呼她过来，给她嘴里塞了一颗糖，亲了亲她的额头。他拥抱那个女孩，很长时间才松开。小女孩跑开时，他说："有时，我真羡慕这些傻子。"

回家的路上，克莉丝汀、特里斯坦和我手挽着手。

"亲爱的希特勒万岁！"一名警察走过时，特里斯坦这样喊。我们大肆嘲笑这个民族和这场战争，但我并没有看见什么家具搬运车。

我们三人去了旋律俱乐部。特里斯坦向路上遇到的每个士兵致意，有时他对我眨眨眼。他向我介绍了那位长着雀斑的女服务生，又给我展示了几种舞步。

有一次，特里斯坦骑着自行车来到酒店，给我也带来了一辆，是他从萨维尼广场一路拖过来的。他一见到我就说："太阳挂在空中照，虱子顺着麻袋跑。"

他把带车杆的自行车给了我，自己骑了那辆女式的。

"穆克要跑步，"他说，"意大利灰猎犬，就是为奔跑而生。"

狗追在我们旁边跑，耳朵颤动着。特里斯坦撒开车把，兀自笑着，大声地唱歌：

冲锋士兵冲进大火

嘿，他是多么勇敢。

春日阳光温暖着我们的脸庞，特里斯坦冲我笑。

"你最好看着点路！"我说。

"我们能出什么事儿？"他在风中回答。

晚上，当特里斯坦把我带回酒店，和我拥抱道别时，他说："它们就得跑，这是它们的天性，你知道吗？如果它们不跑了，就会死掉。"

我抚摸狗的耳朵，不再害怕它。

"好样的，灰猎犬。"我模仿特里斯坦，用意大利语说出了"灰猎犬"这个词。

特里斯坦停了一下，然后大声地笑了，纯粹、明亮的笑声，更像是出自小孩而非成人。他紧紧抓住我的肩膀。

"不敢相信，你刚才真的那么说了。"他向我伸出手来。

"做个朋友吧？"

"朋友。"我握住他的手说。

特里斯坦邀请克莉丝汀和我参加一场在万湖天鹅岛上举办的

花园派对，那是帝国某部主办的花园派对。

"有狍子，你们要来吗？"

我并不想参加什么纳粹部委的庆祝活动。我也很奇怪，为什么特里斯坦可以邀请人去参加。

"我不知道，特里斯坦。"

他转向克莉丝汀。

"那你呢，小姑娘？"

她把胸部贴到我胳膊上。

"啊，亲爱的弗里德里希，让我们去吧。"她说。特里斯坦对我眨了眨眼。

我问我应该带什么礼物。特里斯坦说，国民教育与宣传部里可没人需要什么礼物。

为了这场活动，我让人把我的晚礼服从舒莱寄来。厨娘和几位园丁还住在那儿。我和厨娘通电话时，她大吃一惊，难以理解我晚上六点后没有晚礼服是怎么出门的。

克莉丝汀试穿着一件深色丝绸连衣裙，我觉得这颜色把她的皮肤衬得有点儿太暗了。她在菩提树下大街上一家小精品店的橱窗里看见了这件衣服。老板娘说，这衣服出自巴黎的可可·香奈儿。

"你会给我买吗？"克莉丝汀问。

"你真想要？"

她耸了耸肩。

"开个玩笑，还能找到更漂亮的。"

花园派对到来前的某一天，柏林拉响了防空警报。因为在酒店里听不太清，一名服务生敲着锣在走廊里跑来跑去。我永远都忘不了那巨大的嘈杂声。

防空警报响起，酒店所有客人就必须躲进一处钢铸的地下掩体中。工作人员都待在一间锅炉房里。酒店给客人们搭建了直通到巴黎广场底下的竖井，还有一整套通风系统，据说即使酒店全被炸毁也能照常使用。

男人们在掩体里打牌，胖子弗朗兹给大家端来红酒和巧克力。椅子下放着防毒面具。克莉丝汀坐在我旁边，一边看着我笑，一边喝酒。"我敢肯定这只是警报演习。"她说。有次还有一位提琴手在那儿为大家演奏。

花园派对前一天，天刚擦黑，锣声又响起来。克莉丝汀和我正在床上。

"锣。"我停了下来。

"没事。"克莉丝汀说。

"可是，锣声。"我感到心慌。我想起地下室椅子下的防毒面具，有次有人叫它"人民防毒面具"。

"继续。"克莉丝汀说。

我们躺着没动，锣声沉寂了。路灯熄灭，所有的霓虹灯，每间公寓的每盏灯都熄灭了。为了让轰炸机无法辨别方向，柏林陷入黑暗。我起身看外面，街道空空的，整个城市一片灰暗。

"我们现在做什么？"我问，透过窗户可以看到星星。克莉丝汀看着我，嘻嘻笑着。

"好吧，去掩体。"

我们穿好衣服，手拉手走下楼梯。我后来才发现克莉丝汀带了大衣。地下室的门锁了，我摇了摇门把手。

"我知道另一个地堡，跟我来吧。"克莉丝汀拉着我穿过酒店门厅。

柏林在我们面前沉默着。克莉丝汀走在前面，穿过了人行横道，她小步跳着，手伸在后面却并不看我。我牵住她的手。她走得比我快，一直拽着我。过了一会儿我才明白，我们并不会去往哪个防空洞。我看着天空。

"你要去哪儿？"

"散步。"

"这很危险。"

"没事儿。"

弗里德里希大街的拐角处架设了一架高射炮，我们听到沙袋后士兵们的嬉笑声。这使我平静了一些。大街上除了我们没有别人。

"看。"克莉丝汀指着那件深色丝绸连衣裙，她两天前试穿过的那件，现在挂在橱窗模特的身上。克莉丝汀伸手拧了拧商店的门把手。

舒莱家中花园里有一处工棚，工棚的锁老是卡住，我家有个园丁曾教我怎么用镰刀把门撬开。

"我能打开。"我说。

"证明给我瞧瞧。"克莉丝汀说。

我看着她的酒窝，我知道她在想什么，她认为我会为她做任何事。我从口袋里掏出一把小折刀。克莉丝汀笑了。我默默把刀打开，伸进门缝，猛地一拉，门开了。我拿到那件衣服，递给克莉丝汀，她卷起来藏进大衣的口袋里。

"我亲爱的小伙子，"她说，"谢谢。"

我们坐在魏登丹默大桥的栏杆上。

"冯塔纳就是在这座桥上订的婚，"克莉丝汀说，过了一会儿又说，"其实我有恐高症。"

我解开衬衫纽扣，任它飘落在身后的人行道上。我脱掉裤子时差点失去平衡，我感到冰凉的铁栏杆挨着我的大腿，我没有脱掉帽子。

我向后转了四分之三圈，然后用赤裸的脊背拍到了水面上。克莉丝汀从栏杆上探出身来。河水一股柴油味。当我咬着帽子沿梯子爬上岸来时，她跑过来，用她的大衣帮我擦干身体。

"可真有你的！"她说。我不知道她是真的在赞叹，还是在嘲笑我。

我们手拉手往酒店走，走得很慢，因为此刻太美了。我不时偷看一眼克莉丝汀，有一次我发现她也正看着我。那晚的柏林，没有炸弹落下。

第二天早上，我差人给那家精品店送去了一个没有署名的、装着钱的信封。

派对那天，克莉丝汀中午来到酒店，她用薰衣草精油泡澡，让头发自然晾干，同时坐在化妆镜前的凳子上化妆。我觉得，每天早上她没洗澡没化妆就来找我时的样子更美。

她把我推开了。

"你把我的头发全弄乱了。"

她拔眉毛，抹胭脂，涂上深色的眼影和鲜艳的口红。我坐在浴缸边上看着她，觉得她的妆太浓了。那时候，化妆是一种美式做派，而且常叫人觉得不太正经。

她把头发挽成发髻。

克莉丝汀花了很长时间，我们快迟到了，但我无所谓。那些天她一直在读《西线无战事》，她总说，作者埃里希·玛利亚·雷马克曾是她在威尔默斯多夫的邻居。她扑倒在床上。

"我们来一次吗，小点点？"

"快走吧。"

我靠在门上看着她，这对我来说已经足够了。

"你会给我也写封情书吗？"她说。

"不会太幼稚吗？"

"不。"

"但那是小说，不是情书。"

她翻着书，没看我："难道每本小说不都是一封情书吗？"

"我文笔不行。"我说。

"但你总有一天也会给我写本书吧？"她问。

我没说话。

我们离开房间前，她拿上了我的香水瓶。那是父亲送我的，我很少用，是月桂的香味，也有一点儿像朗姆酒。克莉丝汀在头顶上喷了一下，然后向高处看去。

"这是男士香水。"我说。

"反正我身上的气味儿总是甜的。"她说。

她的腰靠在我身上。

"我想坐马车去。"

"路太远了。"

"我喜欢。"

马车行驶了快两个小时，克莉丝汀一直扣着我的手指。我能感觉到她手腕处的脉搏。她抚摸着我裤子上的花边条纹。

那是一栋砖石砌成的别墅，屋前立着砂岩柱子。车道上撒满了碎石，两侧樱桃树花开得正好。克莉丝汀又从锡纸里剥出两颗巧克力，放在嘴里嚼了。她把空锡纸递给我，挽着我的手臂。我们沿一条狭窄小径走向入口。

"老实说，我有点激动，"她小声说，"我的牙齿上有巧克力吗？"

许多男人穿着制服，佩戴卐字臂章，其他人穿着晚礼服。克莉丝汀看起来很镇定。

特里斯坦端着两杯满满的酒向我们走来，他向克莉丝汀行吻手礼，又拥抱了我。他穿着一件合身的双排扣晚礼服，梳着分头，衣服扣眼里别了一个印有两道闪电的胸针——特里斯坦·冯·阿彭，我的朋友，原来是党卫军的人。乐队演奏着音乐，让我想起了波尔卡舞曲。

克莉丝汀拉着我，踩着木地板穿过别墅一层的房间，找到了自助餐餐厅。那儿有白煮蛋切片配鳟鱼鱼子酱和薄片鹿肉，足以让人忘记我们正身处战争之中。

克莉丝汀把鸡蛋放在盘里，端到露台上。她靠着墙，用手拿着鸡蛋吃。她说："男人们都在看我，但我对他们不感兴趣，现在我是你的妻子。"

"你看到特里斯坦有党卫军的徽章了吗？"

"是的。"

我看着她，她把指尖舔了个干净。

"那又怎样？"她问。

一条小路通向水边的小路，路两边立着火把。我独自走过去，坐在码头墙上，看着对岸别墅群的灯火。每盏灯于我似乎都是一个承诺。我转过身，远远看着派对上的人们。克莉丝汀正一个人待着，我是相信她的。

特里斯坦从小路下来坐在我旁边。

"你感觉怎么样？"他问。

"我……"

"无聊吧？"

我点点头。

"你是党卫军的人吗，特里斯坦？"

"一级突击队大队长，伙计，那可是最帅的制服。"他眨着眼说。

"你说的是真的吗？"我问。

"一半一半吧。"

"什么意思？"

"你们俩是认真在一起了，是吗？"

"是的，不过等等，你不是喜欢班尼·古德曼吗？还有其他你说的那些？"

他望着湖面。

"我们必须今晚讨论这个吗？"特里斯坦轻轻问，然后提高音量说，"你们准备生孩子吗？小克莉丝汀和你？我是想生五个。"

他一只手搭在我身上。

"我们的小克莉丝汀到底在哪儿工作？"

我不知道。

"她在某个地方教拉丁语。特里斯坦，我……"

"拉丁语？小克莉丝汀？"

"我也不太确定。"

"需要我给她找份工作吗？帝国部委的打字员？我刚和一名管事儿的说过话。拉丁语……你确定吗？"

我不希望我的朋友特里斯坦是党卫军的成员，我不希望克莉丝汀给哪个部委干活。我只希望我们三个继续跳舞。

"不。"我说。

特里斯坦笑了。

"我们的小鸽子到底姓什么？"

我耸了耸肩。他扬起眉头。

一声尖叫打断了我们，小路的尽头站着一个身穿制服的小个子结实男人。

"冯·阿彭!"他大喊。

特里斯坦把他的空杯子扔进湖里,转身准备过去。

"特里斯坦!"我叫道。

他转过身来。

"怎么了伙计?"

"你给党卫军干什么?"

"一级突击队大队长。"

"我是说,你到底干些什么?"

他向我走来,把手放在我肩膀上:"下次吧,我的朋友,我保证。"

他亲吻了我的额头,大步流星往上走去。那个男人尽管看见他正赶过去,还是再次高声催促他:"冯·阿彭!"特里斯坦站在他面前时,足足比他高出一头还多。特里斯坦向他敬了个礼,姿势的每个角度都无懈可击。

被他扔掉的杯子在水里漂了一会儿,然后沉下去了。

克莉丝汀仍然靠墙站着,双臂交叉抱在胸前,双手则搭在肩上,也许是在给自己取暖。湖水带来阵阵寒意。一个男人站在克莉丝汀身边,他看起来很和善,蓄着漂亮的小胡子,晚礼服紧紧裹在肚皮上。他没穿制服,没戴卐字章,这让我松了口气。克莉丝汀看见了我,冲我笑并招呼我过去。

"我要疯了,"她说,"这是恩斯特·希默尔。"她用手指碰了碰他的胳膊。我点点头。克莉丝汀牵住我的手,抓得很紧。

"著名儿童文学作家恩斯特·希默尔。弗里茨,《毒蘑菇》的作者,写得太好了。"

我不知道这本书。希默尔的手握着温暖舒服。

克莉丝汀从一位侍者的托盘里拿起两杯起泡酒,一口气喝光了其中一杯。她把我的手臂搭在她肩膀上,我的胳膊肘搭在她的脖子上。

"序言的最后一句是什么?老实说,我读到那句时浑身发麻。"她说。

希默尔脸涨红了。克莉丝汀是个老手,他只能乖乖就范。

"您让我献丑了,年轻的女士。我现在真得把那句话念出来吗?"他问。

"是的,"克里斯汀说,"请吧。"她紧紧地贴着我,抑或是我紧紧地搂着她,很难分清。

"好吧,为了您,我的小姐。"

希默尔叹了口气,看了看我,他深吸了一口气。看起来他有点儿不喜欢这样做,但他的确用讲故事的口吻开始抑扬顿挫地朗诵,他竟然能背诵下来。

"德国人必须学会辨别毒蘑菇。他们必须认识犹太人对德国人民及全世界人民的威胁。他们必须明白,犹太人的问题与我们所有人相关。下面的故事将告诉我们关于犹太毒蘑菇的真相。"他的声音让我想起了父亲。

"这些故事将向我们展示犹太人所具有的不同形象。"他停了下来,分别看了看我俩。

"向我们展示犹太种族的堕落与卑鄙，告诉我们犹太人到底是什么……"他微笑着抬起手指，充满期待地注视着克莉丝汀。她一直微张着嘴倾听他的演说，此时她轻轻地说道："人形的魔鬼。"

"棒极啦！"希默尔说着去牵她的手，"好了，够了。我希望，您愿意跳舞？"

她转向我，好像希望我替她回答。

"跳舞？"她问。

"一支短短的波尔卡。"希默尔说。

"很乐意。"

"您允许吗？"希默尔看着我。我没吭声，他咧开嘴笑了。我在想，我以前有没有见过谁有这样整齐的牙齿。克莉丝汀靠在我身上。

"弗里德里希，就跳一曲，好吗？"

"您怎么能背得下来自己书的前言呢？"我问道。

希默尔笑了。克莉丝汀捏了捏我的手。

"当然了，跳舞，"我亲吻她的脸颊，对希默尔点了点头，"您请。"

透过舞厅的窗户，我看着他们跳了一曲华尔兹，随后我回到湖边，在码头墙边上吐了一地。

我在冰冷的石头上坐了很长时间。我望着水面，直到她从背后抱住我，我才注意到她过来了。几缕头发从她的发髻中掉出来，落在她的脸上，眼影有些晕开了，她的身体散发着热气。

"这个希默尔，跳得比长得好，挺会调情。"

我搂住她的腰。

"你真的相信吗？"

"什么？"

"人形的魔鬼。"

她吻了我，毫不在意我刚吐过。

"当然了。"她说，用手指弹了一下我的鼻子。

"为什么？"

"因为人人都这么说，你这傻瓜。"她抱着我的脖子，盯着我的脸看了片刻。

"看看你衣服左边内侧的口袋。"

我摸出一张纸条，上面是她干净的笔迹："吻我"。

她神情沉重，半闭着眼睛，她的睫毛很长。

"来嘛。"她说。

"那都是胡说八道，"我推开她，摇头说，"这些全都是谎言。什么毒蘑菇？你不可能真相信吧？你还给电车上的那位女士送过咖啡呢。"

"天哪，弗里德里希，别那么无聊。"

她抓住我的手臂。我把她拉到我身上。

"在我家，我给你说过的那片湖。"

"湖。"克莉丝汀轻声说。

"湖边有一面悬崖，很高，我从那上面跳了下来。"

她摇摇头，长长地呼了一口气，笑了。

"我真没见过你这样的人。"

她把我拉回派对现场。乐队已经演奏完了，乐手们正在收拾乐器。克莉丝汀喝了一杯樱桃烧酒，冲着舞池喊："唱起来，唱起来。"

大家很快唱了起来，我一点兴趣都没有了，大部分歌我都不会。时间渐渐过去，特里斯坦和他的领导起头唱起了他在骑自行车时唱过的那首歌，这次我才听到整段歌词：

冲锋士兵冲进大火

嘿，他是多么勇敢。

一刀溅出犹太人的血，

那是多么美好。

他们唱得很响，很动听，在许许多多的男低音中间，我听到克莉丝汀纤细的女高音。她挽着特里斯坦，深吸气时肚子凹陷下去。我的手放在裤兜里，紧捏着她给我的纸条。当我们目光相遇时，她冲我微笑。

回去的路上，汽车前灯照耀下的街道冒着水汽，克莉丝汀在我怀里睡着了。一路上几乎没有别的车，我们穿过黑漆漆的森林。我想象着，如果世上只有我们两人，该多么好。

我把克莉丝汀抱回我们的房间，中途因为没有力气，把她放在前厅的沙发上歇了一下。

我在浴室给她洗了脸，又给她一杯水喝。几滴水从她的下巴流进脖子里。

我扒下她的深色丝裙，挂在衣架上，给她换上我的睡衣。那是她第一次在我这儿过夜。她把我的左手食指攥在手里。

我抵抗着睡意。有次我把头贴在她的胸口，看她是否仍在呼吸。

早晨天亮前，我听到她起床进了浴室。她在黑暗中穿好衣服——衣柜里有她的换洗衣裳。她离开时，我假装还在睡觉。

***

案例 6：几位不知名者

证人：罗伯特·泽勒

证人罗伯特·泽勒多次观察到被告——有时与她的丈夫一起——在选帝侯大街上逮捕犹太人。在此二人的安排下，被查人员被关入准备停当的货车中运走。不过，在一次莱布尼茨街路口的逮捕行动中，被告让证人赶紧离开。随后证人看见一辆载有数人的敞篷货车开过，车尾坐着被告和罗尔夫·伊萨克森。被捕者的下落不明。

Bl.I/118, 108, 198

1942 年 5 月 墨西哥对德国宣战。英国首相丘吉尔在广播讲话中警告德国军队不要使用毒气。国防军占领克里米亚刻赤市。约瑟夫·戈培尔博士对纳粹党员的"十诫"之五："为德国骄傲，你理所应当为祖国骄傲，因为千百万人为它献出了生命。"英国外交大臣罗伯特·安东尼·伊登与他的苏联同事，外交人民委员维亚切斯拉夫·莫洛托夫签署了抗击德国的同盟协议。在纽约，宾·克罗斯比和其他音乐家录制《白色圣诞节》。每月油脂配给量从 1053 克减少到 825 克。戈培尔宣布"柏林人礼貌大赛"活动开始。在"铁甲舰行动"中，英国士兵占领了马达加斯加。捷克斯洛伐克流亡政府指派两名捷克人在布拉格郊外一个狭窄的 U 形弯道处中暗杀副行政首长莱因哈德·海德里希，其中一名刺客试图用冲锋枪射击坐在梅赛德斯-奔驰敞篷车中的海德里希，但由于扳机卡住失败，另一名刺客投掷了手榴弹，手榴弹在汽车右后轮处弹起并爆炸，在冲击波作用下，海德里希一根肋骨粉碎，横膈膜撕裂，手榴弹的一片碎片进入他的脾脏。海因里希暂时并未死亡。

***

她没再回来，当天晚上，第二天，都不见踪影。

我问自己是否做错了什么，我想，一定与我们在万湖边的对话有关。

我坐在大厅吧台，默默地想她。

"想未婚妻了？"沉默了几天后，胖子弗朗兹忍不住问。

我点点头。

晚上，酒吧里没有别的客人时，前台经理坐了过来。他看起来很累，一缕鬑发落在额前。弗朗兹放了满满三杯谷物烧酒在大理石吧台上。经理把手搭在我肩膀上说："喝酒不管用的，孩子。"

"我受不了了。"

"哦，可以的，我们都能忍受，不管用什么方式。"

我失去了每晚洗去身上碳条粉尘的理由。

我知道我产生了错觉，但我不知道是什么样的错觉。我想念最初那些天留在床上的她的味道，但那味道后来消失了。我想念叫她"小点点"的时刻。

我在大衣领子上发现了她的一根金发。我想了老半天，能拿这头发怎么办。在它被我扯坏之前，我把它塞进嘴里，就着白兰地吞了下去。

我想象着她是如何踏着雀跃的小碎步，穿过酒店旋转门，她高兴的时候就会那样走路。

服务生在我的窗台上放了一束百合花，给我端来热巧克力，我把它倒进水槽里。

我给在伊斯坦布尔的父亲和在慕尼黑的母亲发去同样的电报：

仍在柏林。陷入爱中。悲伤。

母亲在信中写道:

亲爱的弗里茨,

我告诉过你,不要去柏林。尤其是当我想到那些为祖国,为我们而战的人的命运,想到他们中许多人不得不在抵抗恐怖分子的战斗中牺牲生命,我就无法对你的悲伤产生同情。

我们现在应当关注与支持的是他们。你自己的痛苦只是个体的命运,最好把它忘了。

来慕尼黑找我吧。我会陪着你,你会感受到宁芬堡的美丽。

问候你,希特勒万岁。

你的妈妈

父亲在信中写道:

我亲爱的儿子!

收到你的信使我感到温暖。想象一下我正坐在哪儿——在博斯普鲁斯海峡边的一家小咖啡馆里,服务员说着带有浓郁奥斯曼风味的法语,我喝着黑咖啡,你想象不到的浓烈的咖啡,叫作摩卡,加了豆蔻调制而成。听起来是不是棒极了?就像《一千零一夜》里陌生的摩尔人!他们把它装在小小的叫作"Ibrik"的小咖啡壶里——如果我没听错的话。咖啡粉磨得细极了,和沙子一样,直接加水煮沸,真是魔鬼饮品!就像你所能想象的一样!服务员告诉我,早年贝都因人直接把咖啡壶埋在沙漠灼热的沙子里或是炭火里加热。是的，弗里德里希，我这儿离撒哈拉沙漠很近，你大概会嫉妒我！如果你能在这里，那该有多好啊？但就像我读到的，你爱上了柏林这个邪恶的城市，就像我对老君士坦丁堡的狂热。我知道那种在异乡感到亲切的感觉。我们贝都因人只有在路上才会感到合意。你不必悲伤，故乡将永远是你的指南针，为你指明方向。你上路吧，你得独自前行。我还要告诉你一个小秘密，决不允许让你妈妈知道。是这样的，在这儿，有一座顶上饰有新月的高塔，一个男人每天夜里都会站在塔尖上唱歌，召唤人们出来祈祷，我每天都被他的歌声唤醒。今晚，我有个计划。我准备借来我们住所仆人的上衣，虔诚地走出门外，和他们穆斯林一道向着麦加行礼！好玩吗？儿子，想象一下：你的父亲出现在清真寺。你做梦都想不到吧？现在我得走了，我会尽快再给你写信。

衷心祝愿你

永远爱你的父亲

PS.：请原谅咖啡渍。

PPS.：我想我没误会你的意思，但如果我理解错了（但正如我所说，我认为不会），你是爱上了某个女人，那你得当心点。就所有关于柏林女人的传言来说，她们通常都不同寻常。

晚上我去了萨维尼广场特里斯坦的家。我想，如果他知道她的姓氏，我可能就能找到她。他穿着内衣，手里拿着左轮手枪给我开门，紧紧抱了我好长一会儿。

"老小子。"他说了好几次。

他的灰猎犬从客厅跑过来，跳到我身上，在我衣袖上留下好几道口水印。

特里斯坦叫女管家给我们泡壶茶。

"用希腊山草药的好茶叶，是吗？"

只剩下我们两人时，我说："克莉丝汀走了。"

特里斯坦点点头。

"有时候人会骗自己。"

"你是什么意思？"

"也许她并不是我们期待的那样。"

"你期待什么？"

我问自己为什么他对她失踪的消息一点儿都不激动。我说话的声音太大了，特里斯坦拍着我的手。他的胸毛是金黄色的。

"好了。我也很害怕，我们都很害怕。"

他触摸我的方式让我有点不舒服。我们静静地喝茶。轻薄的瓷杯，我觉得它会在我的手指间碎开。特里斯坦问我是否要留下来吃饭，并说他近期开始戒荤了。他说，在原始人与犹太食人族交配后，人类才开始吃肉。

"你在说什么？"我问。我看着他上臂那个深色的 O。

"我从瓦格纳那儿读到的。"特里斯坦说。

"你问过她的姓吗？"

"甘地也不吃肉，你知道甘地吗？"

我抓住他的手臂。

"她的名字。"

"噢，你是为这个来的。"他续了茶，沉默。

"你问过她吗，特里斯坦？"

"问过。"

"然后呢？"

"她说了谎。"

我一手拍在桌上，杯子都摇晃了。

"她一直在撒谎。"特里斯坦说。

我起身离开。在门口时，特里斯坦追了上来，他抓住我的肩膀，他话说得极为冷静。

"我知道你不是以色列人。"他说，"别害怕，我早就查过了。虽然你看起来有点儿像，但你是干净的。"

我们能挺过去的。我父亲这样说过。在德国，我每天都想着这句话，我也假装能够忍受犹太人在这个国家经受的一切。纳粹旗帜，伸出右手臂向我打招呼或朝我吼叫的人，我都忍受了。但那一刻，我觉得我错了。

我从他手中挣脱，冲出了公寓。我跑到汗水湿透衬衫。我坐在莫姆森街一座房子门口的大理石楼梯上。一对老夫妇走过，他们手牵手，十指相扣。

万湖派对后的第八天，克莉丝汀来了。她有气无力地敲门，一开始我都没听见。我在看见她的脸时脱口而出："我的上帝！"

她双颊凹陷，头上围着一块头巾，两只眼睛下面都有血肿，一只眼球浑浊，因为血渗到了玻璃体里。那天很暖和，她却穿着大衣。她没有碰我。我们面对面站在房间里。

"不亲我一下吗？"她问。

当我抱住她时，她抽搐起来。她闻起来一股血腥味。

"我不够小心。"她轻声说。我几乎听不见。

"发生了什么？什么……谁……发生了什么？"

她举起手臂时，痛得脸都扭曲了。她把手放在我的嘴上。

"我以为你离开我了。"我说。

"请帮我脱掉大衣，弗里茨。我的肩膀……"

我看到她手臂上的鞭痕。当我拎起大衣时，皮带挂住了头巾，它从头上滑下来。那一刻我无法呼吸。她的头发被剃了。脖子上满是暗沉的伤痕。我都能看见她的头皮。克莉丝汀转过身去。

"我不够小心，"她反复说，"不够小心。"她抽泣着，握紧拳头砸自己的额头。

"到底怎么了？"

她咳嗽，我看到她有多疼。她说，如果她不用看着我，说起来会更容易点。

她搬了一把椅子到窗户边，一边说一边看着外面，她说了很久，有时会沉默一会儿，她尖叫了一次，但此外都很平静。

她的第一句话是："他们说，我是个犹太人。"

克莉丝汀是柏林犹太人的女儿。"三天犹太人",如他们所说,因为她一年只在三个节日和家人一起去柏林威尔默斯多夫和平犹太教堂参加礼拜。

她的父亲曾参加过一战对法国的战争,是"帝国犹太前线士兵协会"的成员。在他家位于克桑滕街的小房子里有一个五斗橱,里面装了满满一抽屉勋章。他是作曲家,喜爱德国歌曲,尤其是舒伯特和舒曼。他们家很穷。

这儿的一切,克莉丝汀指着我们的房间说,对她都像做梦一般。饭菜这样可口,羽绒被这么柔软,她以前连香槟都没喝过。

她不是犹太人,她说,她长得也不像犹太人,没有犹太朋友,不像东欧犹太人那样说意第绪语,也不信上帝。

"我已经很雅利安了。"她说。

她吃猪肉,连"Shema Yisrael①"都背不下来。是希特勒把她变成了犹太人。

从法萨那街上的犹太教堂着火而消防队员无动于衷的那晚开始,克莉丝汀就尽量隐瞒她的身份证上被盖上的代表犹太人的红色字母"J"。她想成为歌手,犹太人的血统让她失去希望。她父母没有去美国的钱。她父亲上过战场,他们希望德国能因此放过他们,而且,热爱舒伯特的国家,能坏到哪儿去呢。

克莉丝汀的生活本还不错,她在美术学校做模特,教点拉丁语,在俱乐部唱歌,能挣一些钱。她和父母住在一个非法膳食旅

---

① 犹太人的祈祷文。

馆里。

派对结束两天后，几个穿着皮大衣的男人来了，逮捕了她和她的父母。他们让他们一家穿好衣服，说几小时后就能回家，随后把他们带到博格大街的犹太人事务处。克莉丝汀不知道是谁出卖了她。

一个男人用一把刨刀把她头上的头发、腋下和双腿之间的体毛剃了个干净，连肥皂都没用。他说她的血臭得像母猪。

她晚上被关在地下室，那儿的水没过脚踝，人很难睡着，积水有一股蘑菇味。还好已经是初夏了，她说，不然会很冷。

白天，她被带到一个没有窗户的房间，那些人称它为办公室。一个自称"盖特纳"的男人坐在椅子上抽烟，墙上贴着从挂历上撕下来的图片，是一些花的照片。

盖特纳长着红色的长鬈发，天花板上悬挂着一个发蓝光的灯泡。克莉丝汀的手被绑在身后。一条铸铁锁链上挂着一个钩子。

盖特纳把他的衬衫带到了办公室。他在地下室里放了一块熨衣板，他给熨斗装上煤炭，把克莉丝汀的锁链打开，让她给他熨衬衫。她照做了，把那些难熨的地方也熨得妥妥帖帖，特别是肩膀缝，还压平了领口处的棉布褶皱，他表扬了她。

盖特纳把拴着克莉丝汀的锁链扣进吊在天花板上的钩子里，用绞车把她拉高到离地半米。刚开始她肩膀上的肌肉还能帮她支撑住体重，但很快肩膀就脱臼了，她张着双臂，向下吊着。盖特纳用一根橡胶管打她，在抽打的间隙吸着舌头，发出"啧啧"的声响。

　　盖特纳讲巴伐利亚方言。他说："你自己想想，好比现在一个马厩里都是利比扎马，或者差不多的什么马，但不知怎么弄的，每一代都和一匹比利时耕马配种，很显然，基因里的奔跑能力会一代不如一代，当然，拉犁耕田的能力会上天，完全变成另一个种了。人也是这样。"

　　盖特纳想知道给犹太人伪造证件的西欧玛·申豪斯藏在哪儿。克莉丝汀不知道。申豪斯被怀疑用打孔机、圬字章和百利金消字灵伪造了文件。

　　克莉丝汀说了一些她觉得可能的地址。她承认自己是种族败类，她希望盖特纳把她打死算了。

　　橡胶管留下的伤口不算很痛。之后她被扔在地上，双手脱臼。

　　她说："他们把我撕了。"

　　有几次，盖特纳用一台奥利维蒂牌打字机砸她，尽管打字机也会因此而砸坏。克莉丝汀还得从地面上捡起机器放回桌上，让盖特纳再扔。

　　如果他发现衬衫还有折痕，就用熨斗砸她。

　　几天后，他帮她把双臂归位。其他人给了她一个头巾，用车门紧闭的汽车把她带回威尔默斯多夫的家中。那些人说，要是她还想活着见到父母，就必须找到伪造文件的西欧玛·申豪斯的藏身之处。不然，火车很快会把她父母运走。临走时，盖特纳说了句"再见"。

"我现在该怎么办，弗里德里希？"

"但你身上从没有过犹太星记号。"

"我有假证件。"

"这就是为什么你从不带我回家。"

"哦，弗里德里希。"

她坐在椅子上转向我，眼泪在她的眼角留下盐晶。她神色中有种我从未见过的冷峻，她的皮肤已完全失去了光泽。

"我的克莉丝汀。"我说。

"弗里德里希，克莉丝汀不是我的真名。"她看着我，"我叫斯黛拉，斯黛拉·戈德施拉格。"

"我们现在该怎么办？"她问。

她握住我的手。我还记得，她问我是否有瑞士护照时的样子。

"我的护照就是你的救命稻草，对吗？"

她缓缓地摇摇头，闭上眼睛。

"换成是你，你会怎么办？"

"实话实说。"

她把手放在我的胸口，我透过衬衫感受她掌心的温度。

"这是真的，弗里茨。你知道的。"

她坐到我怀里，我看到她又疼得龇牙咧嘴。

"我给你叫医生，克莉丝汀。"

"斯黛拉。"她说，回避我的目光。

"我给你叫医生。"

前台经理没有多问，他说医生会尽快赶到。

不到一小时，一个拎着皮包的男人走进了套房。他穿着花呢套装，而非白大褂。

"小姐，现在都几月了？"在看病之前，他问了一句，然后说，"对不起，请原谅我。"

他没问怎么受的伤，检查时我留在房间里，他小心地摸了摸斯黛拉的肩膀。

"左侧关节复位没弄好，我得再矫正一次。"他说。说完他拿出注射器，朝胳膊肘处扎了一针，注入了某种透明液体。

"请帮我拿条毛巾来。"医生说。我去洗手间拿来一叠毛巾，他给了斯黛拉一块。他把她的肩关节掰出又推进，只听见骨头嘎吱作响。斯黛拉闭着眼睛，死死咬住毛巾。

之后，医生在瘀痕上轻轻擦了一些碘酒。

"我们能单独待一会儿吗？"他问。

"让他留下吧。"斯黛拉说。

她躺在床上，医生把她的衣服掀到肚子上，给她做检查。我坐在沙发上。我不知道医生在做什么，只看到他手中缝伤口的线。斯黛拉看着我，有时眼皮会颤抖。我不停地朝她点点头。

我给医生付了100马克，以免他声张。

就剩我们俩了，斯黛拉又问："我们该怎么办？"

我坐在床边，久久地握着她的手。

"我们回舒莱吧。"我说。

"我做不到。"

"那我们去坐东方快车，离开这儿就行。"

"那我的父母呢。"

她的眼泪无声地流着，怎么擦都擦不干。

那一刻，我决定了要留在她身边。她叫什么名字都没关系，她是那个给我写小纸条的女人，她别无选择。

"我知道谁能帮助我们。"我说。

斯黛拉抬起头。我深吸一口气，才说出他的名字。

当天，特里斯坦打来电话邀请我去吃晚饭。我知道这不是个巧合。

两天后，当他打开公寓门，看见斯黛拉站在我旁边时，挑了挑眉。他穿着一件胸前印有党卫军标志的浴袍。

"你不该把她带来。"他说。门落了锁。

餐桌上，彩绘瓷碟和金属托盘里堆满了奶酪卷。

"不过，先看看这些美味佳肴吧，"特里斯坦说，"好不容易搞到手的。"

"他们在博格大街关了我八天。"斯黛拉说，她伸手拿刀。

"来吧，够三个人吃。没有什么事儿不能边吃边谈。"特里斯坦说。

"我父母还被关在那底下。"斯黛拉说。

我看不懂特里斯坦的目光。斯黛拉拿刀尖在手心按了一下，然后她抹去了头上的头巾。有那么一会儿，特里斯坦的音调变了。通常，他的音调很高，但她的举动让他一句话没有说完："你看起来真糟糕，小姑娘。"他看着窗外，"他们对你都干什么了？我是说……你的头发？"

斯黛拉又拿起刀，用刀尖在手上按了一下，血被挤走了，留下一个小白点。

"你必须帮帮我们。"斯黛拉说。

特里斯坦向后靠在椅子上，他说话的声音比她更轻。

"没什么事是我必须做的。"

我看到斯黛拉紧紧握住刀柄，在她抬手之前，我用手按住了她。那是我当天晚上说的第一句话。

"我们能怎么做？"

特里斯坦用一根长长的钢钎子扎了一块酸黄瓜送到嘴里，大肆嚼着。他的眼珠在我和她之间转来转去，像在思考该怎么说。"弗里德里希，我们是朋友。您想过没有，她骗了你多少次？"

他停顿了一下，看向空空的窗台。

"还记得那只小松鼠吗？我养着的那只，记得吗？"

他目光转向斯黛拉，死死盯着她。

"假设，这房子是个王国，松鼠就是访客，对吧？穆克就是这儿的国王。"

那只躺在角落的灰猎犬抬起了头。

"你说什么？"我说。

"穆克把鼻子伸进盒子里闻了几次，但没打扰客人。过了几天，拉肖小姐发现松鼠开始到处爬。她把窗户打开，让它爬上去，去它自己的地盘或别的什么地方，都行，关键是，滚开。"

"特里斯坦，你在说些什么？"

"……但它没走，还赖在房子里，因为这里有别人给它准备的榛果。一点一点地，它就露出了——请原谅，克莉丝汀——犹太人的品性。"

"特里斯坦，住口。"

他站起来，手里拿着钢钎，背朝我们走到窗边，他朝窗外的黑夜说着。

"它堕落的灵魂昭然若揭，它想把这房子据为己有。它才不管穆克比它先来呢。有一天，拉肖小姐看见它从纸盒里爬出来，冲着穆克的爪子咬了一口。"

"别说了，特里斯坦。"

斯黛拉捂住了耳朵。特里斯坦还在说。

"松鼠竟是如此卑鄙的物种，到现在我都对此感到震惊。穆克一开始也吓了一跳。我说，你是了解它的。但穆克很快抓住了它。好家伙，没把它一口吞下。拉肖小姐把这个小畜生和废纸一道扔进厨房炉子里烧掉了。你们真应该看看，彻底烧成了灰。我亲爱的。"

我站了起来，斯黛拉仍然捂着耳朵。特里斯坦转过身来，交替着打量我们。他拿那根叉过小黄瓜的钢钎指着她。他朝我们走来。

"这儿还坐着另一名犹太人代表呢。"

"特里斯坦，求你了。"

"如果不让博格街的穆克们干他们的活，我们就得受罪了。"

"住口！"我喊了出来。

他把钢钎扔在斯黛拉旁边的桌子上，用食指托着她的下巴，用不可思议的轻柔语调对她说：

"她会和以色列余孽们一块儿，把我们剁成肉酱。"

我抓住他的手臂。

"你是不是疯了，特里斯坦？"

我正好抓着他那个文着"O"的地方。

他把手从斯黛拉的下巴上收回来，围着桌子走了一圈，回到自己的座位上。他的浴袍有点松开，露出精瘦胸肌。他用餐巾擦了擦嘴。

"特里斯坦。"我说，这次声音很轻。然后没人再开口。

我听到特里斯坦的咀嚼声，我听到楼上的小孩在家里跑来跑去，听到有人在街上吹口哨，轻松愉快的旋律。

几分钟后，斯黛拉慢慢从椅子上站起来。我试图抓着她的手拉住她，但她走了。我追了上去。特里斯坦坐着没动，大喊："可惜了，你问问别人见没见过这么多美味佳肴。"

她在门口的走廊上站住了。

"让我走，我现在得一个人静静。"

"我能帮什么忙吗？"

"放开我吧。"

我想做正确的事。但我觉得，正确的事已从这世上消失了。

我放开斯黛拉，回到屋里，在桌旁坐下。特里斯坦大嚼着食物，冲我微笑。

"谢谢你留下来。"他说。

我想冲他怒吼，但这样帮不了斯黛拉。

我做了几下深呼吸。

"我该怎么办？"我问。

"坚强点，忘掉她。"

"这叫坚强吗？"

特里斯坦耸了耸肩。他开始往盘里装奶酪和鸡蛋，又给一片黑麦面包抹上厚厚的黄油。他起身从桌边绕过来，把盘子放在我面前，用另一只手摸着我的肩膀说：

"请，我不喜欢一个人吃饭。"

我吃了几口，毫无胃口。

"你应该多吃些面包。"特里斯坦说，"发酵面包，很健康。"

"她什么都干得出来。什么都能，我知道的。"我说。

特里斯坦轻轻摇了摇头，他拿了一块奶酪卷扔到穆克面前。穆克没吃。

"为了我，帮帮她。"我说。

特里斯坦叹了口气，放下了肩膀。

"我一直在这么做。"他轻声说。当他继续说时，我心里开始发麻。

"那个文件伪造犯，如果她能找到……"

"你是怎么知道的？"

他用清醒的眼神看着我。

"如果她能抓住他，就能救出她的父母。我是说，这样一个

小姑娘的交际圈……对于博格大街的同志们来说，上哪儿找这么
完美的'犹太诱饵'呢？"

我不知该作何感想。这个人到底是什么立场。

"犹太诱饵，"特里斯坦仿佛在自言自语，"这个词可太
棒了。"

"你刚才吓到她了。"

"我吓了她？是她吓到我了，是她拉我们俩下水，你没法很
快看清她。"

特里斯坦直勾勾地看着我。

"你以为我很容易吗？我也筋疲力尽了。就像对待跳舞熊，
那些人对熊没有恶意，也不得不烧掉它的爪子。"

我慢慢把盘子里的东西吃光了，我不想激怒特里斯坦，还和
他一起喝了啤酒。

"就像对待跳舞熊一样，"他重复了一遍，然后说，"我们能
聊点别的吗？"

他谈到如何担心穆克死去，说到他难以找到合适的妻子，因
为他长得太高了。他转换了话题，好像斯黛拉的性命根本无足轻
重。他说他很想组建家庭，生几个孩子，尤其想要个女儿，因为
可以给她买漂亮衣服。我沉默着。后来我们一起听了几张他新弄
来的爵士乐唱片，他随着音乐跳了起来。

"如果不是看上去太奇怪的话，我真想请你跳舞。"

"你真的相信吗？"我问。

"什么？"

"犹太人会把我们剁成肉酱？"

特里斯坦轻轻摆动着身体。

"当然不是。"

他随音乐节奏挥舞着手，继续说着。

"以色列人和我们是不同的，这个我相信。但为了让老百姓们能明白，宣传很重要。以色列人也能干很多好事，比如关于钱的生意，还有做精美的皮大衣。我有时也很爱听犹太人的音乐，克莱兹默，《蓝色狂想曲》开始时的那段单簧管，实在太棒了。现在我们私下说说，我也挺喜欢塞法迪犹太人的小姑娘。但以色列人本身是另一个人种，他们闻起来的味儿就不一样。"

"没有不一样。"

"确实确实，你承认吧，你应该最清楚了。的确闻起来不同，犹太人的味儿。像小克莉丝汀那样。"

他笑了。

"不过也能招人喜欢。"

随后他忽然严肃起来，"你觉得小克莉丝汀嘴巴严实吗？我是说，万一我的头儿知道我从巴黎搞来奶酪……"

我摇了摇头。

"她不是那样的人。"

特里斯坦点点头，他弯腰凑近我：

"另外，松鼠还好着呢。"

"什么？"

"它能站起来以后，就回到它的栗子树上去了。"

"但你说拉肖小姐把它烧了。"

"善意的谎言，弗里茨，"他朝我眨眨眼，"对吧？只是个善意的谎言。"

他看着我。

"弗里茨？"

"什么？"

"你还在这里做什么？"

"我不想让你一个人吃饭。"

"这不是你待的地方。"

"你是什么意思？"

"柏林，这个疯狂的城市。这样的德国，你和这儿没多少瓜葛。"

当我回到大酒店的房间时，斯黛拉醒着躺在黑暗中。在我告诉她与特里斯坦的交谈之前，她说："明天我会找到申豪斯。"

她的声音里又有了力量，像之前春天的时候。我有点儿喘不过气来。

"你不能那样做。"

"我必须。"

"但是，你不可以那样做。"

我看到她在床上翻了个身，背朝着我，看着窗外。

"我知道。"她说。

***

案件 36 与 37：两名姓名不详人士

证人：海德薇·霍尔扎默

　　证人和她的丈夫在选帝侯大街看到被告将两名男子从克朗茨勒咖啡馆引出来，同时，被告和他们友善交谈。街上站着犹太人间谍戈德斯坦和党卫军领袖施瓦贝尔。施瓦贝尔身着便装，在出示徽章后，他让两人上了他的汽车。被告随即离开。

Bl.I/113R, 195

1942 年 6 月　英国空军用超过 1000 枚炸弹轰炸不来梅，时间长达 75 分钟。德意志帝国最后一家犹太人学校被关闭。保罗·麦卡特尼出生。除少数例外，"半犹太人"被严令禁止进入大学学习。约瑟夫·戈培尔博士对纳粹党员的"十诫"之六："侮辱德国就是侮辱你和你死去的家人；应还之以铁拳。"美国国会决定将 20 亿美元用于军备。公共卫生部称赞帕特曼公司出品的"天然麦芽浆"饮料"对走向未来的强壮青少年成长"具有重要作用。在德国境内生活的犹太人所有的电炉全部被充公。在柏林商店的橱窗里，到处挂着这样的海报："注意！间谍！说话要小心！"在慕尼黑，汉斯·朔尔和亚历山大·施摩莱尔成立了一个名为"白玫瑰"的反抗组织。莱因哈德·海德里希死于腹膜炎，可能是因为在刺杀事件中，汽车座椅的碎片进入了他的血液循环系统。为报复对海德里希的暗杀，德国安保警察屠杀了利迪采村的全部男性居民，将妇女儿童送往集中营，并将该村夷为平地。刺杀者与利迪采村毫无关联。

***

几周前，我们还一起听音乐，在天鹅岛上大笑。现在却一片静寂。

她保护自己的家人。这可能是错的吗？

我是一个有钱有瑞士护照的年轻人，原以为可以在这场战争中安然自处，不与它发生任何关系，我是来度假的。我太愚蠢了。我沉默，因为我能想到的一切，似乎都是错误的。我没再和斯黛拉说起特里斯坦，因为我也不知道他到底在打什么算盘。

她躺在床上，背对着我。她的皮肤发烫，像在发烧。斯黛拉拉住我的手放在她肚子上。

"我现在没法对你好。"

我吻了吻她的脖子。

"今晚你抱着我好吗？"她问。

我们醒着躺了很久。我想到我的家乡，想到童年的向日葵花田，也许那只是一个梦，那也没什么分别。

后来，斯黛拉在我怀里发抖。窗帘是拉开的，一大早，阳光就从窗外照进来。

"你在睡吗?"斯黛拉问。

"是的。"我说。

我帮她在浴缸里放好热水,等她坐进去后,我用一块布给她擦洗腋窝和背部。我仔细地帮她清洗两腿之间。她看着我。我帮她穿衣服。她从手袋里拿出一块夹心巧克力吃掉了。我帮她穿好一身行头,她戴上小小的猎人帽。

"我们要去哪儿?"我问。

"不关你的事。"她说。

我吻了吻她的眼睑。

"我现在是你的丈夫。"

说这话时我感受到了我的心跳,我不知道是为她还是为我自己而说。自从博格街的事发生以来,我头一次看见她露出笑容。我看到了她的微笑。

"我的丈夫。"她说,用额头顶着我的下巴。

"我们现在要做什么?"我问。

斯黛拉迈出一步,从不远处看着我。我不知道她自己会管这件事叫什么,但我明白,我们要做什么。在这一刻,我看清楚了。

"我们现在要做什么?"

狩猎。

我们叫了一辆出租车。我们上车时,斯黛拉报了地名:"请到伊朗大街的医院。"然后我们乘车穿过柏林,一路看着车外的人们。他们上班、买东西、坐在长椅上看报纸,他们做星期三早上该做的事。看起来没什么不对劲。

我在想，如果文件伪造者被抓到博格街，他们会怎么对他。我凑到斯黛拉耳边说："没有别的路了吗？"她看着窗外。

医院看起来很大，路线复杂。自从斯黛拉出现在我的生活里，做决定的总是她。我们去哪里，吃什么，住在哪儿，都由她定。我喜欢这样。她是一个强大的女人，而我很软弱。但这一天，我无法再忍受。

在她跨进医院大门之前，我拉住她的手。

"我们在这儿做什么？"

一个男人走出来。斯黛拉和我都没说话，直到他走下楼梯离开。她把我拉到楼梯下的内院里。她很快地说：

"柏林的犹太人想逃跑，要么得有钱，要么就得有一张假的身份证。"

一个男人捧着一束花走过去。

"抱着我。"斯黛拉说。

我抱着她，她在我耳边低语。

"医院里有一位内科医生，他是四分之一犹太人。他可以继续工作。每个在柏林的犹太人都知道，给他 600 马克，他就能搞到一张假的通行证。"

"申豪斯。"

"他会帮我们找到他。"

我们仍拥抱着。

"你这样抱着我，真好。"她说。

我感到恶心。我试着告诉自己，是因为没吃早饭。但我知道，不是这样。

"我做不了这个。"

"只要愿意，人可以做很多事。"

"我做不到。"

"我知道。"

她把脸颊贴在我脸上。

"在酒店等着吧。"

"斯黛拉……"

"叫我克莉丝汀。"

她的嘴唇冰冷。我没有动弹，而她挺直肩膀，咧开嘴试图挤出一个笑容，我看到这对她有多难。她昂首走进医院大门，然后消失了。医院门口盛开着木兰花，尽管花期已过。

我漫无目的地走在大街上，那是一个闷热的早晨，沥青路上冒着蒸汽。人行道上到处都被树脂粘上了菩提树的花粉。

在某个出口，我拐进了一条鹅卵石小路，忍不住口吐白沫。一个身穿希特勒青年团制服的英俊少年走在我后面，当他看到我靠在墙上时，赶紧追上来，扶着我的肩膀，问我是否需要帮助。

我沉浸在自己的思绪中，不知不觉穿过了柏林城，走到施普雷河边。我问一个捡木头的女人，帝国议会大厦在哪个方向，然后一直走回了酒店。在某个时候，我在西装口袋里摸到一张纸。又是一张斯黛拉手写的字条："谢谢你，给了我家。"

我回到酒店时，天已经黑了。在电梯里我遇到了独臂电梯员。

"希特勒万岁，先生您好。"他说。

"晚上好，我可以问您点事吗？"

"当然可以，先生。"

"您是怎么失去手臂的？"

他整理了一下姿势，伸长了脖子。

"中弹了，在波兰，第二伞兵团，先生，我们正向波兰人进攻，突然飞来一枚手榴弹。"

"对不起。"

"这儿就被截肢了……"

我不说话了。

在我下电梯之前，他又说：

"还有一点，如果您允许我说的话，先生。"

"您说。"

"'失去'是个错误的表达。那只手臂是被夺走的。"

斯黛拉早上回来了，直到她躺在我身边，把我的手拉过去，我才察觉。

"怎样？"我问。

我只说了一个词，却觉得死亡藏身其中。

"亲爱的弗里茨，我必须自己做。请不要再问我了。"

当她觉得可能会伤害我时，就叫我"亲爱的弗里茨"。我把脸贴在她的头上，她抚摸我的脸颊。我不想再撒谎，沉默了很久。

"斯黛拉?"我终于出声。

"嗯。"

"你的名字?"

"怎么了?"

"是北极星的意思吗?"

她犹豫了一下,好像在思考。

"不是。"她说。

我靠着她的背睡着了。

太阳升起时,她伸手抓住我,把我弄醒了。在我完全清醒之前,她坐到我身上。她大声地用嘴喘气,眼泪落在我的胸口。几分钟后,她开始抽泣。

"别离开我。"她在我耳边说道。

我摇摇头,亲吻她的眼泪。

"我保证。"

"别离开我。"

我看着她的眼睛。

"我永远不会离开你,"我说,"我发誓。"

天大亮了,斯黛拉去浴室洗澡。我想帮她,但她说,她要自己洗。

我在房间把床单扯了下来,我脑子里有了初步的计划。她的血渗进了床垫。

***

案件 65：齐格勒

证人：厄娜·埃伦

　　证人厄娜·埃伦与她同样是非法生活的侄女伊迪丝·齐格勒在乌兰德地铁站碰面。被告突然走过来，并请伊迪丝·齐格勒跟她走，她说："你得进集中营，赶紧过来，否则我就叫盖世太保来。"当伊迪丝·齐格勒离开时大喊："这就是斯黛拉。"此时证人才明白过来。证人表示，伊迪丝·齐格勒被送往汉堡大街集中营，后来在奥斯威辛集中营遇害。

Bl.I/162—163

Bl.I/16.38, 182—184

1942 年 7 月　德国人杀害了白俄罗斯斯洛尼姆犹太人区的约 10000 名居民。根据帝国教育部长的命令，完全中学、初级中学和更高等级的学校一律不允许录取半犹太人，而四分之一犹太人仍不在禁令之列。慕尼黑第六届德国艺术大展开幕，展览展出了 680 位艺术家的作品。沙尔克 04 以二比零击败第一维也纳，第六次成为德国足球冠军。以戈哈特·豪普特曼 80 岁生日为契机，S.菲舍尔出版社宣布将出版豪普特曼全集。英国皇家空军出动 44 架兰卡斯特轰炸机空袭但泽，90 人死亡。约瑟夫·戈培尔博士对纳粹党员的"十诫"之七:"如受欺侮,必加倍还击。如果有人夺走你的正当权利,唯有行动起来才能将之夺回。"阿道夫·希特勒将他的宿营地从东普鲁士在几个月内暂时搬到乌克兰,新建营地名为"狼人"。持证农艺师海因里希·希姆勒告知他的同事们,奥斯威辛集中营中的居住者可供他们进行人与动物的实验。作为这些实验的一部分,X射线专家霍菲尔德教授将检验对于愚蠢低等种族的男人来说,通过射线照射可达到何种程度的绝育效果。

***

我们一大早就开始喝酒,喝很多。我们在"黄色沙龙"舞厅跳舞,但并不快乐。我想到了斯黛拉的父母。她经常帮我熨烫衬衫,格外注意肩膀缝上的褶皱。

我把父亲送我的带玫瑰图案的储蓄盒送给她。在此之前,我沿逆时针方向沿盒子边缘划了三圈。

我们在日落时去施普雷河边,我们聊得比以前少了,我的笑也半真半假。她的夹心巧克力吃得越来越多。

在一家药店里,我突然好奇冰毒到底是什么。

两马克一盒,一盒十粒。药剂师是一位年轻女子,戴圆形眼镜,梳着马尾辫。

"我可以问您吗?"我指着在架子上的盒子。

"这就是我的工作。"

"这东西有什么效果?"

"抑制疲劳、饥饿和痛苦,让你觉得自己强壮得像头公牛。"

"危险吗?"

"请您先定义一下危险。"

"会上瘾吗?"

"是的。"

"会改变你吗?"

"我?"

"会改变服用它的人吗?"

"国防军在特姆勒公司定了 100 万份,应该不会很糟糕。您要多少?"

我买了五盒,并在上面系上一根我在一家花店里找到的彩条。当我把这些交给斯黛拉时,她用手心抚摸我的脸,从额头到闭上的眼睑再到下巴。

那些天,斯黛拉经常说她需要时间一个人待着。"我要找回自己。"这是她的说法。她消失在城市里,傍晚时回到酒店。

"你干什么了?"我问。

"没什么特别的。"

"你相信我吗?"她问。

我点点头。

她独自去剧院,去德意志歌剧院看《魔笛》。我给了她钱。她哼着捕鸟人的旋律。有次她说,她很喜欢帕帕吉诺和帕帕吉娜找到对方的故事,两个彼此相认的魔鬼。

　　我试图说服自己，让她自由生活，这很好。有时我一连几小时乘坐环行城铁在柏林穿行，等待时间流逝。晚上，我坐在窗边，看着街道，想起西欧玛·申豪斯。她说过，她得一个人做。但事实并非如此。

＊＊＊

　　案件 28 与 29：亚伯拉罕·扎伊德曼和莫里茨·扎伊德曼
　　证人：1. 亚伯拉罕·扎伊德曼
　　　　　2. 莫里茨·扎伊德曼

　　持非法身份的扎伊德曼夫妇与他们的儿子和女儿在菩提树下大街国家歌剧院观看演出，他们的座位并不相邻。演出结束后，被告抓着儿子莫里茨的大衣腰带，说："您是扎伊德曼先生。"他挣脱了，打了她一个耳光并逃走。被告在他身后大喊："抓住他！犹太人！"路人追赶他，抓住他的头发把他拖回到歌剧院大楼，被告与罗尔夫·伊萨克森以及一名警察正站在那里。莫里茨的父亲亚伯拉罕·扎伊德曼和他的妻子本已逃离歌剧院，但又随人流折返，他冲上去打罗尔夫·伊萨克森的脸，并说："我们不是罪犯，我们是犹太人。"亚伯拉罕和莫里茨被送往汉堡大街集中营。集中营主管杜伯克在审问他们时打听亚伯拉罕妻子的下落，并让被告与两名证人当面对质。被告对亚伯拉罕·扎伊德曼说："我看见您的妻子了，她也必须到这儿来。"两周之后，亚伯拉罕与莫里茨成功逃亡。

* * *

酒吧里一位客人说，英国皇家空军将把柏林炸成灰烬。门厅和走廊里，到处是准备离开这个国家的客人的行李。

7月的一个晚上，天又湿又热，我们睡不着觉。

"出去走走吧。"斯黛拉说。

我们拿上风衣，离开了酒店。

我们听到托尔街的一家酒馆里传出一阵歌声。一群穿着深色制服的士兵在里面喝酒。斯黛拉抓住我的手。

"我们进去吧。"她说。

我站着不动。

"我想唱歌。"她说。

因为人多，酒馆里的窗户上全是雾气。停电了，整座城市黑漆漆的。酒馆里点着煤油灯，窗户上糊上了厚纸板，以免光线射到街上。一些士兵脱掉了夹克，穿着背心坐在吧台边。他们看起来像是晚上一起去理发店理过发。每个人都在左手臂内侧文上了自己的血型。酒吧里有很多年轻女人，她们用玻璃杯喝着黑色的苦艾酒。几个编着辫子的女孩在吧台后忙活。

斯黛拉问其中一个女孩，这些男人是谁，那女孩容光焕发地回答，他们是党卫军第五装甲师，"维京师"的成员，明天早晨就要上前线。

空气中混合着酸臭的汗味和姑娘们身上战时香水的气味，像腐烂的茉莉花。

斯黛拉去柜台点了两杯"柏林人"啤酒。我们被挤到一块儿，默默地站着喝酒。啤酒喝着像洗涤剂，这是原麦汁含量低的战时啤酒。

"行了，到这儿就别闷着头啦。"斯黛拉说。

时不时会有人起头唱歌。我几乎已经习惯见到士兵。但这群人不太一样，他们喝得更多，说话更大声，每个人都比我高。他们的制服是深色的。斯黛拉也跟着唱。酒馆里很吵。

"一枪一个俄国佬，把犹太人全都消灭光。"一名士兵用低沉、浓重的声音唱起来。他长得柔和而好看，像勃朗峰上的牧民。他在右锁骨下文了一些希腊语字母。我的古希腊语不好，但我能看懂这几个字母，因为我知道相关的故事："Molon labe。①"

听到"犹太人"这个词时，斯黛拉大笑起来，举起酒杯。另一名士兵大喊"胜利"，同时向上伸出右胳膊。斯黛拉也高呼："胜利！"

文身的士兵在吧台点了两杯科恩酒，他和斯黛拉碰了杯，趴在她耳边说了点什么，我没听清，她大笑起来，他又点了几杯酒，但没给我一杯。

斯黛拉背对着我，文身的家伙越过她的肩膀看着我。

我旁边站着一个瘦子，一开始我没注意他，他手里拿着一杯

---

① 意思是"过来拿走（它们）"，是表示反抗的经典表达。来源于斯巴达国王回应薛西斯一世要求斯巴达人交出武器的要求。

气泡矿泉水，看上去最多20岁，没穿制服，只穿了一件粗亚麻衬衫，他梳着整齐的分头还打了发胶。他用手肘顶了顶我，探过身来，问："你的姑娘？"

我点点头。

"那家伙是谁？"

"我……他是军人。"我说。

旁边的年轻人笑了。

"需要我给您评评理吗？"

这个男人又瘦又苍白，他左手把玻璃杯举到颧骨的位置。

"柏林次中量级冠军。"

文身的男人靠近斯黛拉了一些。

"拳击手？"我问。

"前拳击手，不能打正式比赛了。"

"为什么不能？"

"不允许。"

我看到他脸上的痛苦。

"叫我弗里茨。"我握住他的手。

"我叫诺亚。"他大声说道，似乎想让每个人都听见。

我吓了一跳。有文身的士兵把手放在斯黛拉的背上。我热极了，胃里翻江倒海。

"别这么大声说你的名字。"

"为什么不呢？"

酒吧的天花板上镶了模板，角落里都发霉了。

"我可能是那些人之一。"我说。

"但你不是。"

他贴着我的耳朵说:"想看一个低等人打拳击吗?"

他把手里的矿泉水递给我。

他不紧不慢地将衬衫袖子卷到手肘上方,小心地叠了一层又一层。我看到他手臂上肿胀的深色血管。他把皮带解开,往里再扣了一个洞眼,然后向左右两边扭动脖子。他改变了脚的位置,伸出左脚,变换重心。他朝那个文身男人走过去,拇指插在裤腰里。

他一个字都没说。等走到文身士兵旁边时,那家伙两只手都正在斯黛拉屁股上摸来摸去。诺亚站住了,张开双手放在他的脑袋旁边,仿佛要给他收拾头发。诺亚重心后移,毫无预示地从斯黛拉耳边打出右拳,直接落在文身男人的脸上。那声音就像把一块大石头扔进湿草中。

士兵松开了斯黛拉,朝后一仰,后脑勺摔在地板上。他倒下了。

很快,五六个士兵向诺亚围过来,而他已经朝门外走去。他没跑,走得很快但并不慌张。一名大兵挡住他的去路,诺亚迎着他走过去,等他一拳打来时,诺亚难以觉察地晃了一下上半身,拳头从他头发边擦过,落空了。他继续往外走。

等诺亚到了临街的门边,他转过身来朝我的方向看。我们对视了一下。我会永远记住那个瞬间。今天,当我需要力量时,我还会想起那个时刻,想起诺亚和他灰白色的眼睛。他的分头很漂亮。

又有一名士兵冲向他，诺亚一记快速的左勾拳就把他打趴下，他跪在他面前，不能动弹。

诺亚没打招呼就走远了。士兵们继续追上去，我知道他能对付。

斯黛拉过来牵我的手。

"那人是谁？"

"你为什么让他那样摸你？"

"是你让他救我的？"

"你是我的妻子，斯黛拉，只有我能碰你，别人都不行。"

她把双手放在我的脖子上。她喝醉了。

"你为什么要这样？"我问。

"为什么，为什么，我就不能稍微享受一下生活吗？那人是谁？"

"诺亚。"

我拉着斯黛拉走出小酒馆。我感到自己像个胜利者，尽管我并没有赢得什么。

当我们走在托尔街的人行道上往回走时，斯黛拉看着别处问我："诺亚？"

"是的。"

"是犹太人？"她问。

"是朋友。"我说。

***

案件 24：塞缪尔

证人：范妮·塞缪尔

    1942 年，证人范妮·塞缪尔来到了普法尔茨堡大街犹太人制卡处。在这里，被告从证人手中拿走了证人的户籍供应卡并要求她留在原地，随后被告锁上门。在证人问起时，被告向她出示了一个证件，上面写着："戈德施拉格女士有权在犹太事务中采取措施。请当局支持她！"证件背面有照片和公章。证人塞缪尔在接受制卡处主管审问后被释放，因为她被确认为"雅利安人"，当时同在制卡处羁留的三或四名犹太女士则被运走。

Bl.I/II/20

***

    斯黛拉甩了我一巴掌，因为我给她讲了我的计划。她打得比我预想得要重。

    "别再拿我开玩笑了！"她说。

    我吮了吮嘴唇里的血，低下头，等着下一个耳光。

    "天哪！"她边说边在房间里走来走去。

    过了一会儿，她停下来，把手放在我的脸颊上。她手伸过来时，我猛地抽搐了一下。

"都红了。"她说。

"没关系。"

"很疼吗？"

我吻了她的额头。

"也许我们必须尝试一下，"她说，"但是，杜伯克，那个集中营主管……你不是他的对手，弗里茨。"

父亲找到弗兰肯地区一位企业主朋友打听情况。不久，一位信使给我带来一封信，信中说，因其出色的裁缝手艺，魏森堡的一家纺织工厂需要托尼与格哈特·戈德施拉格。听信里的语气，仿佛戈德施拉格夫妇在魏森堡的工作直接关系到最终胜利。信里还附有一封带卐字信头的短信，上面有中弗兰肯行政区党部头目的签名。

坐在去汉堡大街的出租车上，我感到浑身冰冷，但又不停地出汗。我摸着脸上的疤痕，车窗敞开，风吹过我的头发。

汉堡大街更像是一条小巷，很窄，只能单向行车。

斯黛拉告诉过我，集中营在鞋匠铺隔壁一栋明亮、宏伟的建筑中，那里曾是犹太人养老院。现在，地下室被改造成阴冷的地牢，有些晚上，被锁链拴在一起的囚犯们为免于冻死，不得不一起绕圈跑步直到天明。

门口停着一辆家具搬运车，车身上印着"费因斯坦和儿子们"的字样。

门卫要求我出示证件，我把我的瑞士护照递给他，他向我敬了个礼。我常遇到这样的情形，许多德国人不知道该把我归为何类，但考虑到在这样的年月，得罪了不该得罪的人可能会丧命，那些穿制服的人宁愿恭敬一些保命。随后，他带我穿过一条长长的走廊，去见杜伯克。

他坐在办公室里的一张桌子旁，肌肉异常发达。脑袋两侧的头发剃光了，头顶上梳着分头。他的酒窝显示出他爱笑，他的黑眼圈和薄薄的皮肤表明他喝得很多，睡得很少。他脸颊上的毛孔让我想起了母亲。

杜伯克穿着一件领口有点紧的衬衫。他的右耳比左耳大，眼里的虹膜出奇得亮，我很少见到这样的人。

杜伯克面前的桌子上放着一个装着透明液体的奶瓶和两个玻璃杯。他对面还坐着一个穿护士服的年轻女人，我进门时她笑了。她头上戴了顶上过浆的小帽子。房间里有股枪油和卡塞尔熏肉的味道。我双手交叉放在背后，这样没人能看到我在发抖。

"啊，太棒了，如约而至。"杜伯克说。

他从斜纹布夹克的口袋里掏出一叠纸牌，拿它在桌上啪啪地拍。纸牌背面印着小猫头鹰。

"我们正好还缺第三个人一起玩儿。"

我尽量保持笔直的站姿。

"我来是想和您谈一谈被关押的戈德施拉格。我这儿有一封信……"

"等一下，同志。我们先喝一点儿，再玩儿两圈。"

杜伯克嘟囔着，向护士点了点头。

"杯子。"他说。

她起身从柜子里拿起个玻璃杯。杯子上层的隔板上搁着一根放牛用的鞭子，正好指着柜门。

她把杯子放在桌上时，杜伯克把手放在她在膝盖后面，抚摸了一会儿。

"艾丽能调全柏林最好的私酿酒。给他说说你的秘诀吧，酿酒大师。"

女人继续微笑，毫不在意他的手。

"我用手术室百分百纯的酒精，然后放很多糖。"她笑着说。

我坐下了。杜伯克从夹克口袋里掏出一块用布包着的熏肉，切成厚厚的肉片。

"战前品质。"他边吃边说。

"真好。"我说。

杜伯克把纸牌推给我。

"我们玩斯卡特，不算王牌分。裂屁股三家翻倍算分，三家拉姆什。光头翻倍。都听懂了吗？"

我从没玩过斯卡特。

"在瑞士，我们玩雅斯。"我说。

杜伯克沉默了。他闭了一下眼睛，好像在听某个轻微的声音对他说话。护士在椅子上扭动着身体，同时看着我。她的眼神或许是对我警告，也可能是轻蔑。杜伯克又睁开眼。

"都——听——懂——了？"他又问了一遍，把每个音节都咬得清清楚楚。

我开始洗牌。

我曾在造访维也纳后在福拉尔贝格的一家小旅馆过了一夜，在那里玩过一种叫"拍卖者"的纸牌游戏，那时有人说，这和德国人的玩法差不多。我还在洗牌，不知道该怎么发牌。

"我记得在奥费尔格内，有个人洗牌时死了。"杜伯克说。他手拍着桌子笑了起来。护士没笑，但杜伯克似乎并不介意。

我发给每人三张牌。杜伯克拿起牌，从牙缝里吹了声口哨。我看到女护士用两根手指在桌子边上敲了一下，赶紧往桌上扔了两张牌，再把剩余的牌分完了。杜伯克又吹了声口哨。"十八，"他说。他说话时，好像每一个音节后都带着一个感叹号，"十！八！"

"不跟。"护士说。

他们俩都看着我。护士不经意地朝右摆了一下头。

"不跟。"我说。

杜伯克笑了，他笑的时候嘴咧得很开。

"无王牌！"杜伯克喊道。他左手食指指着护士的右胸，伸长脖子说，"无王牌的时候你就得出 A，不然等着被吃吧。"

"遵命，长官。"护士说。随后她出了一个红心皇后，我也出了红心。杜伯克赢了。我用余光看着护士，她大口地喝酒。这酒喝起来像糖浆一样甜，有木梨般的回味，很烧喉咙。

"为德国潜艇舰队干杯！"杜伯克举起酒杯说。

我们站着碰了杯，然后坐下来继续玩牌。很安静，有一阵子，房间里只能听见翻牌的声音、杜伯克肚里的咕噜声和酒杯碰到木头桌子的声音。杜伯克切肉时悄无声息。他还会舔一口刀刃。

有人敲门，保安打开了门。

"卡特维茨到了。"

杜伯克笑了笑，从牙缝里吸了一口气。

"兰巴赞巴。"他嘴里念念有词，一口干了杯中酒后和保安走了。

护士和我隔着桌子对望。

"兰巴赞巴是什么意思？"我问。

她平静地呼吸。"什么意思？意思是有人要被这疯狗打得满地找牙了。通常他一拳就够了。"

我猜不透她的心思。

"你们是情侣吗？"我问。

她吸了口气，露出不置可否的微笑。我好像闻到了她脸上脂粉的味道。她抿了一口酒，没有回答。我边想问题边看着她。我给自己倒酒时，她突然说："您真是个糟糕的演员。吃点熏肉吧，不然您很快就会醉了。"

"演员？"

"演员。您的嘴唇一直在颤抖。"

我咬住嘴唇。她把放肉的托盘推过来，我又推了回去。

"刚才玩牌时谢谢你帮我。"

"我谁也没帮过。"

她看着托盘说："我不吃猪肉。"

杜伯克回来了，斜纹布夹克搭在手臂上，衬衫袖子卷得很高，汗珠挂在两鬓，脖子上青筋暴起，右手还戴着一只皮手套。

"不管怎么说，我还是有点儿喜欢犹太人的。"他说，亲了亲护士的脖子，朝我点点头。他喝了口酒，又举起酒杯："犹大死了。"

"干杯。"

他看着我。

"这个小混蛋是干什么来着？"

我从搭在椅子上的大衣口袋里掏出那封信。

"我只是来送信的。"我说，把信推给杜伯克。他看了起来。

撒谎原来就是这样的感觉。

"不可能的，同志。"杜伯克说，他还没看完信。

"请等一下，"我说，"我的委托人让我告诉您，他愿意用自然物资支持您对祖国的服务。"

"掉哪门子的书袋，什么意思？"

"为了补偿引起的不便，我的委托人愿意为您的工作支付 5 升朗姆酒和 6 磅熏肉。弗兰肯熏肉，瓦莫尔。"

我汗流浃背，连西装外套都湿透了。

"叫什么？"杜伯克问。

"瓦莫尔，冷熏的猪脯肉。"

我现在也不知我当时是怎么想到这个主意的。我之前考虑过熏肉，但不知为何说起了弗兰肯熏肉。

"瓦莫尔。"

杜伯克又给自己倒了点酒。

"敬德国潜艇舰队。干杯。"

"你知道萨罗吗？"他问，声音变得柔和了一些。

"不，对不起。"

"他们东边人的熏肉。他妈的，太好吃了。有次参观伦贝格军备工厂时吃过。白色的，好极了。他们把肉装在木箱里，放在地下室熟化一个月。入口即化啊，萨罗。"

杜伯克舔了舔嘴唇。

"萨罗。"护士说。

"我会给您最好的熏肉。"我说。

"啊，等等小子，"他说，"10。"

"您说什么？"

"十磅。"

"九磅。"我说，以免他起疑心。

"十，别讨价还价了，你这犹太人。"他打量着我。汗水流到我脸上，杜伯克凑过来。

"你怎么出这么多汗，同志？"

我使劲用牙咬着，但嘴唇仍控制不住地在颤抖。

"我……"

"这儿有点什么东西不对劲，"他说，"我早感觉到了。"

"朗姆酒……"

我用手心擦去额头上的汗水。

"我一直觉得，这儿有点不对劲，我的酿酒大师，"他说，用手抓住她的脖子，"这破烂暖气，你又打开了吗？"

"对不起，长官。"女护士说。他转向我，并没有松开她。

"十。"

我向他伸出手。

"十磅，成交。"我说。

"我只想在你这汗湿臭的手上拉屎。快滚吧。"

我向他点点头，向护士轻轻鞠了躬，在转身离开前盯着她的脸看了两秒钟。

我沿铺着油毡布的长廊往外走，每走一步都感到膝盖在发颤。我没听到身后的脚步声，直到一只手搭在我肩上，才吓了一跳。那位女护士站在我面前，很近，当我转过身时，她的脚尖碰到了我的脚尖。

"跟我来。"她说。

我摇了摇头。

"跟我来，我带你去看犯人。"

她脸上肌肉抽搐了一下。

"去找戈德施拉格吗？"

"只有两分钟，没时间了。"

我们爬上一道楼梯。走廊里挂着陈旧的廉价画作，德国风景画，应该在养老院时期就挂在这儿了。我们越往上走，臭味就越强烈，是混着汗水、尿液和腐烂尸体的恶臭。那儿的寂静让我惊讶，我听见我们两人走在橡胶地板上的声音。我站住脚，碰了碰护士的手肘，用只有她能听见的音量说：

"外面的家具搬运车……"

"嘘……"她说。

"可是，关于家具车的谣言……"

她帮我捋了捋额头上被汗湿透的头发，看着我的脸，在目光相遇之前，她开口说："在这个国家，只有那些漂亮话是谣言，那些丑恶的事儿全都是真的。"

她拥抱了我。她伸过双手扶住我的背，抓紧我。"快逃吧，你这白痴。"她轻轻在我耳边说，然后突然放开手，就像她拥抱我那样突然，然后继续往前走去，并不看我一眼。

她和一名看守说话。那人查看了一张清单，从墙上取下一大串钥匙圈，我们跟着他走过去。走廊边有许多从外拴着新造闩锁的门，我们在其中一扇门前停下来。

这是一间大约 20 平方米的房间，里面挤了太多人，几乎连让人就地躺下的空间都没有。他们看着我们。窗户被用砖砌实了一半，玻璃后面加了铁栅栏。房间里有些地方铺着稻草，混浊、湿热的空气扑面而来。

"戈德施拉格！"看守朝里面大喊，他手里拿着一根像是扫帚上截下来的木棍。

守卫大喊时，里面的人挤作一团。我听见有人在轻声说话，但听不清说了什么。

两个矮小、弯着腰的人移到门边。他们从其他人身上爬过来，手牵着手。

斯黛拉的母亲和她一样长着金色头发。夫妇俩都穿着冬天的大衣，他们站到看守面前，眼盯着地板。她父亲手中拿着一个脏兮兮的小行李包，我不知道里面是什么。

"我们就是托尼和格哈特·戈德施拉格。"他说着，头缩在肩膀之间。

"出来!"看守冷漠地说,但并没多少敌意。

戈德施拉格夫妇走到走廊里。我向戈德施拉格夫人伸出手,她却本能地往后一躲,好像我要打她似的。

"我认识你们的女儿。"我说。

她抬起头来,而她的丈夫依然低头看着地板。

"您要……"他说。

他的左裤腿发黑。

她很瘦,喉咙处的血管清晰可见。她像打了个寒战似的微微摇了摇头,她衬衫的领子几乎已看不出原来的白色。

"斯黛拉。"她近乎无力地说。

"她很好。"

看守站在旁边,能听到每一个字。他拿着木棍有节奏地敲打打开的门闩。戈德施拉格太太很快、很轻地说:

"请告诉斯黛拉,我们也很好,行吗?"

"我会的。"

"告诉她我们没挨冻,住得也干净。床上用品还是手织亚麻布的。"

她有点语无伦次。

"告诉她这里有弹簧床垫,每天都有燕麦粥和一小块黄油,有时还能听广播。"

看守笑了。他少了一颗犬牙。嗒、嗒、嗒,他的木棒在敲。

"您想要我们……"戈德施拉格先生说。

我听到牢房里有人在呻吟。

斯黛拉的母亲抓住我的衣袖。

"松开手，犹太人。"看守说，他的语气依然平静。他继续敲着木棍。我看着油毡毯上的印记。

"告诉她，他们给我水彩颜料，爸爸每天可以在钢琴上弹舒曼，他和这儿的长官也很谈得来。我们肯定很快就能重获自由。"

"但这是撒谎。"

"斯黛拉必须停下来。"这位母亲说。

"斯黛拉……停下什么？"

看守敲得更响了。

戈德施拉格夫人流下了眼泪，脸颊上洗出清晰的泪痕。

"他不知道。"她自言自语。

嗒、嗒、嗒。

"我们的未来。"戈德施拉格说。

"闭嘴，格哈特。"

"他们要夺走我们的未来。"

"他不知道。"戈德施拉格夫人说。

"我不知道什么？"

其实不用她说。也许我一直都知道。只是我禁止自己那样想。卫兵笑了，还是不停地敲，嗒、嗒、嗒。

我伸手握住那木棍，握紧它。但只有一秒钟。

第二天，我从酒店厨师长那儿买了五瓶朗姆酒和十磅熏肉，不是什么弗兰肯熏肉。价格很高。

托尼和格哈特·戈德施拉格仍被关在汉堡大街集中营里。杜伯克背信了，没什么原因，就因为他可以。

晚上斯黛拉会说梦话，我用她喜欢的方式抱着她的肚子。午夜过后很久，她迷迷糊糊地说"Neschume"①，但也许是我听错了，或者是我做梦了。

***

案例 22：库尔特·科恩

证人：库尔特·科恩

证人库尔特·科恩穿过罗森塔尔广场时，突然看见被告向他走来。因为他知道她是犹太人捕手，就跑开了。当罗尔夫·伊萨克森和许多市民一起追赶他时，在场的被告走进一处电话亭。里面的电话亭。科恩被抓住并被带回罗森塔尔广场，在那儿他被盖世太保逮捕并被关进汉堡大街集中营。但他在四个月后成功逃脱。

Bl.I/162, 163

Bl.I/16, 38, 192, 184

---

① 意第绪语，意思"灵魂"。

1942 年 8 月 为了保障供应，德国禁止农业领域的财产和所有权变更。盖世太保特遣队队员将加尔默罗隐秀会女修士埃迪特·施泰因送入奥斯威辛集中营气密室，并将毒气齐克隆 B 注入房间。在印度，警察逮捕了社会活动家莫罕达斯·甘地。第六集团军总司令下令袭击俄国城市斯大林格勒。在美国，电影《小姑居处》首映。在斯大林格勒附近，一个意大利骑兵部队突袭苏联士兵，许多骑兵和马匹死亡。这是这场战争中最后一次出动骑兵部队。青霉素开始工业化生产。盖世太保拘捕柏林纳粹抵抗组织"红色交响乐团"的成员，许多被捕者在鲱鱼湖被处决。约瑟夫·戈培尔博士对纳粹党员的"十诫"之八："别做激进排犹分子，但要提防《柏林日报》。"纳粹德国塞尔维亚占领区民政局局长哈拉德·特纳表示："塞尔维亚是欧洲唯一解决了犹太人问题的国家。"华沙犹太人区孤儿院院长，雅努什·科扎克自愿与 200 名儿童一起进入特雷布林卡灭绝营赴死；死前，雅努什·科扎克抱起了两名幼小的孩童。海因里希·希姆莱将"空军灰"定为新的德国消防车颜色。

***

父亲坚持要见斯黛拉。他乘车到维也纳，再从那儿转火车，因为他上次飞行时遇到暴风雪，飞机因驾驶舱结冰迫降。

火车头喷出的烟云在火车大厅弥漫开来。我们乘车回到酒店，坐在父亲房间的一对沙发里，喝加了冰水的茴香酒。

父亲在旅途中听说美军将很快来到德国。我站了起来，跪在父亲的椅子旁边。

"我很害怕，爸爸。"

"你爱她吗？"

"我想是的。"

"那我也很害怕。"

当我回到我们房间时，斯黛拉正往浴缸里放水。她坐在浴缸边上读维姬·鲍姆的书，同时喝着加了冰块的香槟。

"爸爸想见你。"

她久久地吻我。

"我怕我会出岔子。"她说。

"不用担心。"

"反正我没法像你这么文质彬彬。"

我在浴室镜下狭窄的花岗岩架子上看到她的一张纸条，上面写着："你还爱我吗？"

晚上我们准备在酒店的餐厅吃饭，尽管有配给限额，但食物还是不错的，而且酒窖里还有几桶教皇新堡葡萄酒。领班告诉过我，有两名法国战俘在酒窖里工作，负责把酒装瓶。

父亲和我在酒吧等着。斯黛拉迟到了。我穿着晚礼服离开房间时，她还赤裸着身子在梳妆台前化妆。我永远都不理解那些抱怨妻子梳妆打扮太慢的男人。

父亲告诉我，在我家马厩里干活的两个小伙子都自愿加入了国防军。他说他很想念厨娘，尽管她后来在烤面包时总是唱起意第绪语的犹太哀歌。我们笑了一会儿。

"有橙子吗？"父亲问胖子弗朗兹。

"当然有。"

"能请您帮我调一杯加鲜榨橙汁的'螺丝刀'吗？"

"遵命。"弗朗兹说。

五分钟后，弗朗兹垂头丧气地说，整个酒店也找不出一个橙子了。

"对不起，战争时期。橙子第一个消失了。"

斯黛拉从电梯里走出来，我一眼就看见了她。她穿着那件深色连衣裙，而且——在博格大街事件之后——头一次没在公共场合戴上头巾。她用水和发蜡把洗好的头发梳了个偏分。父亲从凳子上站起来，当她行屈膝礼时，父亲走上前，将她抱在怀里。

"我的女儿。"他说。

我看到她惊讶的眼神。

"真像一位雅兹迪公主。"父亲说。

"见到您真高兴。"我听出来她在努力不用柏林方言说话。

"还有这件礼服，"父亲说，用拇指和食指摩挲了一下腰部材质，"佛罗伦萨丝绸？"

斯黛拉笑了，笑得很大声，大厅里两个男人转过身看她。

"弗里茨偷的。"

父亲有点不确定地笑着。我耳朵发烫。

她挽住我和父亲的手臂，我们一起走进餐厅。

"您喜欢吃牡蛎吗？"父亲问。

"对不起，什么？"

父亲点了12个冰镇叙尔特岛牡蛎，他教斯黛拉应该把刀伸进牡蛎哪个位置。他在打开的第一个牡蛎上滴了几滴油醋汁。我不明白为什么牡蛎供应不受限制。

"看起来真好玩儿。"斯黛拉低声说，咧嘴笑着。她吞下一只牡蛎，皱起脸来，惊讶地看着我父亲。

"真是太好吃了！"她说。

"圣马洛的牡蛎最好，直接从海里捞上来，配上柠檬汁。"他说。

此刻也许非常美好，因为我们都知道，这样的情形永远不会再有了。父亲讲起他乘坐玛丽皇后号横渡大西洋的旅行。他谈到雅兹迪人崇拜的孔雀天使，他是一个坠落的天使，用眼泪浇灭了地狱的火焰。斯黛拉坐在父亲身边，仔细地听他讲的故事。他还描绘了他在大都会博物馆看到过的一幅源自五世纪的中国画，画中有一群猴子，爬到湖边的树上，伸手去捞水中月亮的倒影。

"为什么呢？"斯黛拉问。

"为什么，我们要做我们所做的事呢，我亲爱的？"

一名服务员来到桌边。父亲仔细看着他递来的菜单。

"先生，到底是什么叫五香肉？"

"以前叫五香炖肉，先生。"

"那'火锅'呢？"

"先生，就是法语里的'火上锅'。"

"原来如此。"

"根据国民教育宣传部的命令修改了名字，先生。"

我一时想起了特里斯坦。

"因为我们必须这样做。"斯黛拉说。

"对不起，什么？"父亲问。

"猴子和月亮。我们做我们所做的事，因为我们不得不做。"

那天晚上，斯黛拉不停地笑，时不时碰碰父亲的胳膊。夜深后，两人还聊起德鲁兹派的神秘知识，我半心半意地听着。她笑着，目光在餐厅里逡巡，突然，就在眨眼之间，她脸色变得苍白，连我都看出来了。

"我的孩子，你见到鬼了吗？"父亲笑着问。

我转过身，看见她正盯着角落里的一张桌子，桌边坐着一个穿棉质长裙的女人和一个穿制服的长鬈发男人。

"那儿，"她说，"他……在那儿。"

"怎么了，孩子？"父亲问。

那个鬈发男人注意到我们在看他们。他微笑着举起红酒杯，向我们示意。

"带我走。"斯黛拉小声说，她的指甲紧紧扣着我的手。

我将手臂放在她的腰上，带她一起离开了餐厅。

"我明天再解释。"我说。父亲从后面跟上来，在大厅里给了我一个小天鹅绒袋子。

"送给你们，"他说，"送给你们。"他脸上又露出不确定的微笑。我点点头，走进电梯。父亲站在电梯前。"晚安，我的孩子。"他说。斯黛拉把脸贴在我的肩膀上，似乎没有听到父亲说话。

门关上时，斯黛拉在我耳边说了一句话。

"盖特纳。"

她进了浴室，待了很长时间。

我打开天鹅绒袋子。里面有一对表，手动上弦的扁平款，表盘明亮，刻着雅致低调的数字，中间写着"Precision"。

父亲在一张纸条上写道：我是为你妈妈和我买的。也许它们能给你们带来更多好运。亚里士多德说，时间与变化密不可分。如果你们不喜欢，就把它们送给别人吧。爸爸。

手表对斯黛拉来说有点大了。我把表翻过来，发现背面刻着两个相扣的圆圈。

斯黛拉从浴室出来时，瞳孔在冰毒的作用下有点变大。她在床上挨着我坐下，身体还在颤抖。我抱住她。她看到了我手里的表，拿了过去。

"父亲给的。"我说。

"给我的？"她问，吸了下鼻涕。

她给自己戴上，用右手手指擦了擦表面。

"多漂亮啊。"她说。

我和斯黛拉戴着手表上床睡觉。尽管服用了冰毒，她还是睡着了。我想着那个鬈发的男人，想着西欧玛·申豪斯和斯黛拉的父母。一切都该结束了。

父亲早晨启程前，我去了他的房间，我们一起看着窗外。他拉着我的手。我告诉他，我看到了家具搬运车。

"你到底是为了什么来这儿的？"父亲问。

我们并肩站着，没有说话。

"为什么你和妈妈在一起生活了那么久？"我问。

"因为我做过决定。"

"可是你们并不相爱。"

"我直到今天仍然爱她。"

"可她的那些缺点……"

"我爱她的每一个缺点。"

***

案件 30 和 31：克莱因夫妇

证人：伊丽莎白·帕维尔兹克

证人伊丽莎白·帕维兹克是兰兹贝格街 32 号的门房。房子二楼住着犹太人克莱因一家。证人说，有一天早晨，一辆汽车停在门口，被告和两名身着便装的男人从车里下来。不久后，克莱因夫妇便被汽车运走。以后下落不明。

Bl.I/113R, 195

1942 年 9 月 沃尔夫冈·朔伊布勒^①出生。A 集团军群总司令、陆军元帅威廉·李斯特被撤职；阿道夫·希特勒接管集团军群的指挥。在柏林奥林匹克体育场，德国国家足球队二比三输给瑞典队。约瑟夫·戈培尔博士对纳粹党员的"十诫"之九："在人生中持续努力，将来面对新德国的时候才能问心无愧。"党卫军将罗兹犹太人聚集区中数千人运往海乌姆诺灭绝营，运输火车中有许多儿童。在维也纳的欧洲青年大会上，纳粹党维也纳大区领袖巴尔杜尔·冯·席拉赫说："欧洲是人类的神圣地标，是英雄的世界，他们的名字是亚历山大、恺撒、腓特烈大帝与拿破仑；是从荷马、但丁到歌德的诗人的世界；是柏拉图到康德、尼采的思想家的世界；是从巴赫到贝多芬、莫扎特的音乐家的世界。念出这些名字，我们是何等自豪！罗斯福如何能反抗这样的自豪？"美国总统富兰克林·D.罗斯福 9 月 7 日在炉边谈话中说："这是有史以来最艰难的战争。我们不能留给历史学家去评判，我们是否足够努力，以完成属于我们的艰巨任务。我们今天就能给出答案。答案是'是的'。"

***

我们付黑市价，吃牡蛎、奶油蜂蜜蛋糕，喝香槟，用炭笔画

---

① 沃尔夫冈·朔伊布勒（Wolfgang Schäuble），1942 年 9 月 18 日出生于巴登-符腾堡的弗莱堡，是德国基督教民主联盟（CDU）党内的重要人物，现任德国财政部长。2010 年，英国《金融时报》将其评为"欧洲最佳财政部长"。

画，听爵士乐，偶尔跳舞。有时我们可以忘掉斯黛拉的父母。我们都自觉负罪，以各自的方式。

我看到穿制服的机械师走上我房间对面的法本公司楼顶上，等待安装 88 毫米高射炮。

我和斯黛拉坐在德意志剧院看《蝴蝶夫人》时，警报声大响。

当天演出手册中夹了一页便笺纸，上面写明了在剧院没有防空洞的情况下应如何应对空袭。我们躲到隔壁大楼的地下室里。

我们穿着晚礼服在地窖里蹲了一个小时，我们膝盖挨着膝盖，等待炸弹落下的声音。斯黛拉在我耳边低语："这次没有夜间散步了。"防空洞里满是科隆水的香味。

我们离开地下室，继续去欣赏歌剧。一名女中音安可了三次，观众们起立鼓掌。不知是谁起头唱起了《霍斯特·威塞尔之歌》，最后所有的观众和演员们一起唱了起来。斯黛拉边唱边打着拍子。

回家的路上，她把我拉到施普雷河边。她看着水面，说："我父母不在名单上了。"

"什么？"

"他们仍关在汉堡大街，不过不会上下一班火车。"

"但是……我的意思是……为什么？"

"我不知道，亲爱的弗里茨。"她的眼泪落在施普雷河里。我握住她的手，发觉她的掌心已经湿透。

"我们是伴侣，是吗？"她问我。

伴侣，有种一生一世的意味。

"我们回舒莱，回家。"我说。

"回湖边的房子？"

斯黛拉把满是泪痕的脸贴在我脸上。

"相信，我以后还能再登台演出。"

我不知道她为什么会在此刻想到这个。

我看着我的手腕。父亲送给我的表在煤气路灯的照耀下闪闪发光。我忘了上发条，指针不动了。

晚上，斯黛拉在床上叫我："小孩儿？"

"嗯。"

"我们再约特里斯坦出来一次吗？"

我立刻醒了。

"和特里斯坦？"

"他是我们的朋友。"

斯黛拉翻过身，仰卧着，看着天花板。我抬起身看着她，摇了摇她的头。

"他叫你犹太猪。"

"他没有。"

"我在场。"

"他说的是以色列猪。"

"有什么不同吗？"

她沉默了。一只苍蝇在房间里飞来飞去，一次又一次撞到玻璃上。

"你就不能尽量试一试，来理解我吗？"斯黛拉问。

我起床，去洗手间，开始用刷子在牛角碗里把剃须膏打成泡沫。剃须膏有向日葵的气味。那是晚上，我早上已经刮过胡子了。但反正一切都不对劲了。

斯黛拉走进浴室，把一个凳子推到镜子前，轻轻压着我的肩膀让我坐下。她站在我后面，一手挽着我的脖子，另一只手把我的头拉向后面，直到我的头挨着她的胸。她拿起我的刷子，转着圈把温暖的泡沫抹在我的脸上。然后她拿起了刀。

"你又害怕了吗？"她问。

她努力挤出一个笑容。

我看到她的手在颤抖。慢慢地，她用刀锋划过我的皮肤。

"我也怕。"斯黛拉说。当她在我身上刮的时候，我试着保持镇静。

她收起刀，血从我脖子上好几条浅浅的刀口里渗出来。我用明矾石擦了擦，止住了血。

"好吧，特里斯坦。"

她从后面抱住了我。

几天后，我们在莫阿比特区勒特街上的一家小酒馆和他碰了面。他穿着细条纹双排扣西服，拿着一把雨伞。

特里斯坦用一个小玻璃杯喝啤酒，像个瑞士人一样亲了斯黛拉脸颊三次表示问候，同时越过她的肩头看着我，眉毛挑得高高的，像是想和我说点什么。之后他拥抱了我，对我说："想你了，老伙计，真的。你感觉如何？"

特里斯坦滔滔不绝地说了一阵。他说他现在经常喝一种叫"埃沃"的草药汽水，最近开始学习烹饪，又扩充了他的黏土猫头鹰收藏；以及抓到了一个用双层公文包向柏林偷运卡芒贝尔奶酪的走私犯。

"你的头发长得真好。"他对斯黛拉说，手摸着她的后脑勺。他的手指碰到她的后脖子，那儿的头发很柔软。

我很快喝光啤酒，去了趟洗手间，从钩子上拿了块毛巾，用冷水浸湿后搭在我的脖子上。

我回到酒馆，斯黛拉和特里斯坦紧挨着站在一起，手臂碰着。我透过香烟烟雾看着他们，手紧握着门框。他们看起来很严肃，斯黛拉不停地摇头，随后她看见我，冲我笑了。

"在说什么呢？"我问。

"哦，老伙计，"特里斯坦说，"我只是说我很想上前线。你知道我是战斗机飞行员吧？对吗？55飞行联队。"

一滴冰凉的水珠在我衬衫底下沿着脊柱往下流。

我们步行去旋律俱乐部。斯黛拉挽着我们的手，和最初那晚一样。被雨水打湿的沥青闪着光。

我大口喝酒，因为我认为这样会令永远不可能正确的事变得更容易一些。雀斑女郎见到特里斯坦时亲了一下他的嘴。俱乐部里人很多，大多数男人穿着和特里斯坦一样的细条纹双排扣西装。香烟熏得我眼泪都流出来了。

斯黛拉和我脸贴脸跳着舞。她混着喝白兰地和樱桃烧酒。当雀斑女招待把一小罐可卡因放在吧台上时，我们用勺子吸了点。

我人变清醒了，鼻子变木了，但一种我的人生被颠倒过来了的感觉始终都在。特里斯坦从罐子里舀了一大勺，送到斯黛拉面前，并在她吸的时候，用另一只手托住她的下巴。

"你还唱歌吗，小克莉丝汀？"特里斯坦问。他这么叫她时，我的胃里一阵痉挛。

"倒很想再唱。"

"要不我们来个二重唱？怎么样？"

斯黛拉看着我。

"老伙计，我能拐走尊夫人一会儿吗？"

我使劲拍了拍特里斯坦的肩膀。

斯黛拉和他一起去舞池跳舞。他们跳了一曲快节奏的查尔斯顿舞，然后特里斯坦向乐队示意，从下面跳上舞台，然后向斯黛拉伸出手。她往上爬时，天花板上一盏灯的光束落在她手表的表盘上。

特里斯坦和斯黛拉唱了首英文歌。他唱得有点不对，但毫不影响兴致。她不停地看向我，越过舞池里人群的头顶向我微笑。

***

案件23至27：格尔达·卡赫尔、艾莉·列夫科维茨、亚伦·普佐沃茨克和他的两个儿子

证人：1. 格尔达·卡赫尔　2. 艾莉·列夫科维茨

证人格尔达·卡赫尔在拜访亚伦·普佐沃茨克时看见被告站在庭院中，正看向普佐沃茨克的公寓。证人随即马上逃走，并将所见告诉给艾莉·列夫科维茨。晚上，她再次去拜访普佐沃茨克，也将事情告诉了他。但普佐沃茨克却试图打消她的担忧。第二天，两位证人又来到普佐沃茨克家。敲门后，犹太人抓捕员贝伦斯和勒维克打开了门，并说："晚上好，卡赫尔女士。您被捕了。"两位证人均被送往汉堡大街集中营。党卫队头领杜伯克在审讯卡赫尔女士时要求她举报三名非法身份犹太人，并说如此则可不被送往奥斯威辛，而改去特雷津。证人拒绝了他的要求。

在一次杜伯克的审问中，被告也在场。当她准备离开时，杜伯克问："喂，今天去哪儿？"被告回答："去剧院。"杜伯克开玩笑地说："好吧，祝你成功！"与在许多别的案件中相同，被告身穿绿色服装，戴一顶小猎人帽。普佐沃茨克和他的儿子们被送往奥斯威辛。两个儿子今天生活在澳大利亚，他们的父亲则下落不明。

Bl.I/107, 193—194

Bl.I/17, 42, 192

1942 年 10 月 党卫队成员在比克瑙 BIA 妇女营中完成了一次淘汰清洗，2000 名女囚犯死在毒气室中。德国政府号召民众收集山毛榉坚果以获取食用油。赫尔曼·戈林在柏林体育宫演讲时说："如果战争失败，被灭绝的将会是你，犹太人带着他们永不止息的仇恨支持着这种灭绝思想。"17 岁的赫尔穆特·赫本纳被处决，他的罪行是用传单散播来自英国的新闻报道。德军火箭研究中心在位于乌瑟多姆岛佩内明德镇第一次成功发射 A-4 火箭，这是世界上第一个试验成功的远程火箭。拉普兰国王阿斯拉克·荣森向芬兰当局起诉挪威人偷了他的 2000 头驯鹿。玩具生产在意大利被禁止，玩具工厂今后将转产战争设备。塔娜·伯格豪森出生在比勒费尔德劳动营，不久后，她的母亲带着她乘坐了 40 个小时运送牲口的火车，到达奥斯威辛；在一个装卸台上，党卫军士兵打死了婴儿，婴儿父母同样在奥斯威辛被杀，死期不详。约瑟夫·戈培尔博士对纳粹党员的"十诫"之十："相信未来；只有这样，你才会赢得未来。"

***

早晨，我们睁着眼并排躺着，等着天亮。

"小点点，我们什么时候去舒莱？"

"我不知道。"

"我有瑞士护照，我们走吧。"

很长的沉默。我喜欢斯黛拉睡醒后的气味。

"你觉得你值得更好的生活。"她说。

"我……什么？"

"我得救我的父母。"

"怎么救呢？"

"特里斯坦说他会帮我。"

我不说话。

"还有唱歌。"她说。

"唱歌？"

"你不明白。"

"斯黛拉，这儿没有什么歌可唱了。"

"圣诞节我可以去万湖唱歌，在夏天我们去过的那个大房子里唱。"

"在天鹅岛上吗？"

"就唱一首歌。"

"在卐字旗下？"

"我现在要觉得羞愧吗？"

我什么也没说。

她大声喘气。

"对不起，弗里茨。"

"什么？"

"一切。"

我抚摸她的乳房下的皮肤。

"请不要唱。"

"就一首。"

"求你了，斯黛拉。"

她把手伸到背后，在我双腿间摸索。但我做不到了。

斯黛拉睡着了。我试着入睡。

最近一次去特里斯坦家时，还没脱外套我就问了一个很久之前就该问的问题。他不怀好意地笑了，笑容却很美。他在家里摆满了白色的唐菖蒲。

"你在做什么，特里斯坦？"

"哈。"他说。他张开双臂，指尖几乎触到走廊墙壁。他转过身去厨房，坐在桌子旁边的凳子上，他面前有一碗蚕豆。特里斯坦伸手把好的豆子挑了出来，同时看着我说："马达加斯加。"

"马达加斯加？"

"听上去就不一般，对吗？"

特里斯坦的手在豆子里翻来翻去，他激动地说起他现在正忙着一个他所谓的"马达加斯加计划"。德意志帝国里的所有犹太人将乘船下至非洲东海岸，搬到非洲大草原上居住。"移居"，特里斯坦这样说。

"他们在那儿有成千上万的植物和动物，谁也不会把他们怎么样。"他说。

"在马达加斯加？"

"比如，他们在那儿可以和狐猴在一起。太棒了。"

"你的工作是用船把犹太人运到非洲去？"

他点点头，往嘴里塞了一把生豆子，站了起来，用双手拍了拍我的肩膀。

"马达加斯加，以后就和我的名字连在一起了，老伙计。"

"那斯黛拉呢？"

"她怎么了？"

"她也要去马达加斯加吗？"

"我们让她当'荣誉雅利安人'，她没跟你说过吗？"

特里斯坦从隔壁房间拿出了剑，把防护服扔到我脚下。

"你在这儿真是太好了。"他说。

"今天不玩儿了。"我把防护服搭在厨房椅子上，捡起了剑。剑头是钝的，但也不算太钝。

"你知道吗？其实我想了很多，我和你之间的区别到底是什么。"特里斯坦说。他把击剑面罩戴在头上。

"我的意思是，为什么你现在没法离开斯黛拉。"特里斯坦敞开击剑外套。他倒退着从厨房往餐厅走，我跟着他，他边说话边使上了踩步技巧。

"其实是天赋的问题，但你可能不太爱听。"

他做了几个击剑的假动作。

"我是说，如果你的血液稀薄，那你就会很软弱，对吗？"他往后推了一把面罩，他的金发粘在额头上，"如果我说得太直接的话，请原谅我，老伙计。但是如果我现在有个女朋友，而有人像对付克莉丝汀那样对付她，我是说，如果有谁那样伤害她，头发啊什么的，那我估计他早就活不成了。"

他朝空气里舞了一下剑。

"如果一整个国家都和我的女朋友作对，那我会举着火把骑遍全国，挨家挨户地放火烧光这国家。我是说，家庭怎么说都是最重要的。这么看起来，小克莉丝汀还是不错的，看看她为了保护家人所做的一切。你可以为此感到高兴了。"

花香弥漫整个房间，尘粒在冬日阳光中起舞。在此刻之前，我从不曾知道恨是怎么回事。

"你那时为什么在旋律俱乐部和我搭话？"我问。

"挨家挨户。"特里斯坦说。

我拿着剑上了击剑台。特里斯坦站在我面前，身姿高大笔挺。我第一次在他声音听出了犹豫。

"因为我觉得你可能会有所不同。"他说。

我靠近他，鼻子都能碰到他面具上的网格。我看着面罩下他的眼睛。这一次，我没有为了隐藏颤抖把双手背在后，我手指紧紧握着剑柄。

"你还好吗？"特里斯坦问。

"还好。"我说，盯着面罩下他的脸。我们就那样面对面站了一会儿。

"但听你的语气，好像并不太好。"特里斯坦说。

我沉默。

"对我说实话吧，弗里茨。"

我转身离开。我把剑刺进那放着鸡毛的玻璃柜，玻璃碎了，剑掉到地上。鸡毛怎么样了，我并不知道。特里斯坦在后面叫我，但并没拦住我。

"伙计，弗里德里希，留下了吧。我还特意给你准备了卡芒贝尔奶酪。"

1942 年 11 月　红军在斯大林格勒包围了德国第六军。492
人在波士顿"椰林"夜店的火灾中丧生，起火原因是一盏损坏的
灯爆出了火星，引燃了场内装潢。化名为扬·卡尔斯基的波兰地
下反抗者、邮递员科泽列夫斯基向在伦敦的波兰流亡政府报告了
华沙犹太人大清洗和灭绝营的情况。德国国家足球队以五比二击
败斯洛伐克队，这将是德国国家足球队直到 1950 年的最后一场
比赛。英军和维希部队在北非通过休战协定停止了战争。德意志
银行的大楼在英军对柏林的一次空袭中起火。虽然希特勒下达了
"不惜一切代价守住"的命令，陆军元帅埃尔温·隆美尔元帅却
在阿拉曼战役失利后下令撤退。汉斯·摩泽尔在电影《当一次亲
爱上帝》中担任主演。在米兰的维戈雷利赛道上，意大利自行车
手冯斯托·科皮以 45.871 千米／小时的纪录将世界最高时速提
高了 31 米／小时。一家为"在战争中致残或失明者"服务的婚
姻介绍所在莱比锡开业。海因里希·希姆莱下令在斯特拉斯堡帝
国大学搜集犹太颅骨和骨骼，为此，约 100 名犹太人从奥斯威辛
被送往斯特拉斯堡。

***

　　我在衣柜的衬衫中间找到了斯黛拉的左轮手枪，然后走到床
头柜旁，从抽屉里取出特里斯坦给我的子弹。我把装好子弹的武
器别在腰带上，走到布格大街 26 号，在这所犹太人办事处的大
门对面等着，直到盖特纳下班。那是施普雷河畔一座并不显眼的

建筑，就在拐角处老布什马戏团的拐角处。一名穿着党卫军制服的警卫扛着一把卡宾枪守在大门口。

16点32分，盖特纳从大门里出来，和他一名同事一起大声说笑，我在街道另一边都能听到。

在明茨街，盖特纳帮一个女人把婴儿车抬上家门口的台阶。他和同事拥抱告别，随后进了一家餐馆。我跟着他。他在吧台喝茶，和餐馆老板聊天。我在角落里坐着，点了一小盆稀薄的豆子汤，以免引起注意。

餐馆老板消失在厨房后，我起身坐到盖特纳旁边的空凳子上。我在裤子口袋里紧握着子弹上了膛的手枪。

盖特纳从眼镜边上方看着我。

"你好。"他说。

"看着我的右手，"我飞快地说，"这是一把枪。"

盖特纳笑了。

"您想从我这里得到什么？"

他讲巴伐利亚语。

"您为什么要折磨斯黛拉？"

"折磨？"

"为什么？"

这个男人看起来好像在和朋友聊天。

"我和她只是聊了聊大丽花。"

"什么？"

"大丽花，多庄严美丽的花儿。"

有那么一阵，我不知说什么好。

"当然，还得根据不同的培育形式来区分。"

老板从厨房出来，看着我们。我掏出手枪，从下面顶着盖特纳的脖子。老板吓得窜回了厨房，同时碰倒了放在吧台后面过道上的一罐腌鸡蛋。

"您为什么伤害她？"

"可惜了那些腌鸡蛋，伤害她？"盖特纳问道。

"斯黛拉·戈德施拉格。"

"噢，"他微笑着说，"金色毒药啊。"

"什么意思？"

"柏林犹太人都这么叫她，你不知道吗？"

他看着我。我避开了他的目光。

"您怎么能那样做？"

"什么？"

"用管子打人？"

"哦，那个，"他沉思着，小心翼翼地伸手去拿他的茶杯，"我能喝吗？"他问。他喝的是甘菊茶。他吞咽的时候，手枪仍顶在喉头。

"全世界的犹太人几个世纪以来都在与我们作战，现在我们反击了，这很符合逻辑，不是吗？"

"但您晚上怎么能睡得着觉？"

他笑了起来，咂了两下嘴。

"你这小毛孩，"他说，"你知道为什么他们都叫我'盖特纳'吗？"

他的笑容让人难以忍受。

"你以为每个人都喜欢干除草的活儿吗？"

"你在说什么？"

"每个人都喜欢坐在花园里欣赏丁香、雏菊、玫瑰或秋海棠。人之常情。但是杂草，没人种杂草，也没人管它们，有些傻蛋只是觉得它们不漂亮。但我说，它们不属于这里，它们损坏了我们的自然，威胁着我们自家的花园和森林。"

"什么……斯黛拉……"

"看看，她就是印度凤仙，大自然并不想让它开在这儿。我认为大自然必须有秩序。但是，它还是在那儿。那现在该怎么办呢？我应该戴上手套，小心翼翼地把它从德国的土地里连根挖出，再送它乘船回印度吗？就算这样，它也活不了。所以，我就干脆利落把它解决了，这对谁都最好。凤仙花原本就不属于这儿，而大自然又重新变得美丽纯洁。就是这样的道理。"

他一直在微笑。

"您爱您的祖国吗？"

"我……我的祖国……我是瑞士人。"

"您爱您的家园吗？"

"不。"

"今晚我会为您祈祷，"他说，"起来吧，收好你的玩具。就是这样的道理。你往后退到门边，然后消失，我也不想再见到你。"

他很平静地说。

"还有戈德施拉格，没人强迫她。她干的那些脏活儿对祖国的贡献比我们俩加起来还多。"

盖特纳轻轻抬起手，从我脸上摘下来一根掉落的睫毛，说："可以许个愿了。"

他向我点了点头。

"你得感谢我今天心情好，快滚吧。"

也许换作别人，会一枪打穿盖特纳的脖子，会打烂他的脸，打断他的下巴，会捡起玻璃罐的碎片划断他的主动脉。特里斯坦也许会这样做。

我来这个国家，原本是因为想吸收一点德国人的强大。我曾经很崇拜德国人，很崇拜特里斯坦。

我慢慢站起身，后退着走到门口。

我不是德国人，也不是特里斯坦，如果那就是强大，我宁愿软弱。

但也许是软弱才让我们互相伤害。

我是一个来自瑞士的年轻人，想念着自己的父亲，爱上了一个犹太女人。我曾经做过最勇敢的表现，就是从山上扛下来一头老山羊。我不明白发生在德国的这些事情，不明白为什么落下炸弹，不明白为什么犹太人必须被憎恨，不明白我是如何卷入这场战争的。

但在这一天，我知道了我从来都不曾是隐形的。

"等一下，毛头。"盖特纳说。

我停下脚步，他举起一根食指。

"您的须后水是哪种？我很喜欢。"

我跑了，我把手枪放在我的夹克衫口袋里，尽我所能地奔跑。盖特纳坐在那儿没动，继续喝茶。

她在迎接我时吻了我的脖子。我衬衫后背被汗水湿透了。我洗了澡，她帮我擦干皮肤上的水。当我上床躺在她旁边时，我问："你是怎样把你父母从名单上拿下来的？"

"你是什么意思？"

"怎么做到的，斯黛拉？"

我从她脸上看出来，她明白了。她如释重负。

"我做了正确的事。"

"我知道。"

"你什么都不知道。"

她坐起来，从盒子里掏出一支烟，站在关上的窗户前抽烟。

"你的表不走了。"她说。

"斯黛拉，我现在必须知道真相。"

"为什么不走了？"

我拿起床头柜上带陶瓷灯架的台灯，朝房间对面贴着丝绸壁纸的墙上砸过去。

斯黛拉看了我一下，然后在床边走来走去，收拾起碎片扔进了垃圾桶。她在我旁边坐下来，手里还捏着一块碎片。

"我现在告诉你一切，"她深吸一口气，"之后你将离开我。"

我看着她的嘴等着。我不再害怕。

"之后你就会离开我。"她边点头边说。

她说的时候，就像能看透我的心。

最后，她说："现在，你走吧。"

我站起来。她用几乎听不见的声音说：

"请给你的孩子们讲讲我的事儿。你会这样做吗？"

斯黛拉双手将碎片捧在怀里，肩膀向前倾着，好像一点力气都没有了。

我跪在她面前，从下面看着她的眼睛。斯黛拉垂下头抚摸我。从青春期以来，我的额头就有点往内陷，很难察觉，我以为别人也这样。

斯黛拉把她额头贴在我的额头上，我们的额头竟如此吻合，好像一同铸就的一样。

"我……"我不知该怎么说，又觉得不必说了。我们曾在一起。

这个女人集那么多角色于一身，裸体模特、声线细腻的歌手、我浴缸里的美人、忏悔者、说谎者、受害者、加害者。斯黛拉·戈德施拉格，那个捕手，我的妻子。

我不知道，为了拯救一个人，而背叛另一个人，是不是对的。

我想躲在某个地方，因为我知道我没法承受这样的命运，但还有另一种感觉混杂其间。我感到我和斯黛拉之间有某种连接。她做了他人不齿之事，但我站在她这边。我不理解她，但我和她站在一起。

对其他所有人，她扮演了某种角色。和我一起在家时，世上只剩我们。

她曾经说过："比恐惧更糟糕的是孤独。"

她的手放在我的脖子上。

"不能这样继续下去了。"我说。

我感到她在我额头上轻轻摇了摇头。

1942 年 12 月 阿道夫·希特勒下令将居住在德国境内的所有吉卜赛人送往奥斯威辛集中营。德国媒体呼吁有意义地限制停电时间："时间到了，驱除黑暗！白天节电，阳光灿烂！"德国图书行业《交易报》要求书商圣诞节清仓，以提高节日期间的书籍供应量。为了节约纸张，1942 年度税卡下一年仍可有效使用。作家、神学家约阿希姆·克勒帕与他的犹太妻子和继女一同自杀身亡，以免被送往集中营。在日本收获祭上，理查德·瓦格纳的歌剧《罗恩格林》在东京上演。帝国国民教育与宣传部下令将柏林私人剧院收为国有。鉴于原材料日益短缺，德国媒体呼吁家庭主妇每五周洗一次衣服，口号是："节省肥皂——保护衣物！"爱丽丝·施瓦泽①出生。英国皇家空军开始系统性地轰炸柏林。在芝加哥，物理学家恩里克·费米完成了首次人工核链式反应。

---

① 爱丽丝·施瓦泽（Alice Sophie Schwarzer），1942 年 12 月 3 日出生于伍珀塔尔，是一名德国记者和当代杰出的女权主义者。

***

我们在掩体里过夜，坐着睡觉。地下室里不再有提琴手演奏。

我们透过天花板听到了 88 毫米高射炮炮火的声音。当一枚燃烧弹击中隔壁大楼时，冲击波震碎了防空洞墙壁上的石灰。一大团烟云涌进来，五分钟内无法看清东西，我一整天都在咳嗽、吐痰。

斯黛拉经常一个人去城里。她穿着一件皮大衣。我们闭口不谈她在做什么。

有一些夜晚仍然属于我们。天上不扔炸弹的时候，她躺在我身边，在我的——如她自己所说——"巢穴"里，抚摸着我的手。我不想睡觉，因为睡着了就闻不到她的气息。

早上她练歌。她为她在万湖的演出挑选了三首歌曲。

"特里斯坦说，如果一切顺利，我可以和纳努咖啡厅签下长期合同。他还会给我办一个雅利安人证明，让我加入帝国音乐协会。"

"特里斯坦说。"

"他们会把我的名字贴到外面。"

"那不是很危险吗？"

"为什么危险？"

"因为你是犹太人。"

斯黛拉莫名其妙地笑了起来。

她说："你有没有想过，所有人都这样恨犹太人，会不会是有原因的？"

"Neschume 是什么意思？"我问。

她走向我。我以为她会打我。

这个词触碰到了什么，一种她每天隐藏微笑后面的东西。

"你在哪儿听到的？"

她的柏林方言不见了，她说着标准的高地德语。

"在你那儿。"我说。

"我从没说过。"

"睡觉时说的。"

"你说谎。"

斯黛拉凑近我，我望着她张大的瞳孔。

"我感受不到你了，"她说，"我对你一点儿把握都没有了。"

"你会说标准德语。"

她疲倦地笑着。我不知道，如果撕去所有的谎言，这个女人还剩什么。

"你一直就会说，对吧？"

"哦，年轻人。"

她深吸了一口气。

我终于明白，在每一段恋爱中，总有某个时刻，你已不需要任何答案。

"Neschume。"我说。

"别说了，你不知道你在说什么。"

"Neschume。"

她的嘴唇闪闪发亮。

"弗里茨，我们做了什么？"

我尝到了她唇上的眼泪，很咸。我解开裤子，抱起斯黛拉，把她放在画架旁的写字台上。

如果我能画她，我会画此时的她。她坐在写字台上，双手交叉放在我的脖子上，背挺得很直，头靠在窗户玻璃上。

"你哭泣的时候很美。"我说。

她一只手玩着我的头发。

"别去唱歌了。"我说。

"Neschume。"她说，她的发音是对的。

"斯黛拉，你在听我说话吗？"

"那是意第绪语。"

这一次她还是那么温暖又柔软。我沉默着。

"意思是'灵魂'。"

1942 年平安夜，柏林下雨了。酒店门厅里放上了圣诞树，树上点着蜡烛。早晨我离开酒店去城里散步时，斯黛拉还在睡觉。走过蒂尔加滕公园时，我看见很多女人在捡拾柴火。

回到酒店，我在酒吧胖子弗朗兹那里点了早餐。一些食物在酒店里也难吃到了，但只要付得起钱，领班还是能端来现磨咖啡。

我回到房间，摸了摸斯黛拉从被子里伸出来的脚。两名穿制服的男人进来摆放餐桌、铺桌布的时候，她还躺在床上。

"你要吃什么？"我问。

"小家伙？"

"在呢。"

"你真好。"

"咖啡？"

"好的，还有面包卷配果酱。"

我在每半爿面包上抹上两勺果酱，她喜欢这样吃。

"今天是个重要的日子。"她边起床边说，把咖啡杯放在被子上。

我们躺在床上，听着打在铜制窗台上的雨声。当斯黛拉握紧我的手时，我想，也许最终一切都会好起来的。

下午我们一起泡澡，放了很多肥皂。之后，她赤裸着身子坐在镜前化妆。我拿出了曾属于母亲的牛角梳，给她梳头发。

我有点结结巴巴。

"真相，真相……我。真相不像木槿花。"

"什么？"

"木槿花……我……"

斯黛拉放下擦腮红的海绵，双手抱着我的腿，靠了过来。

"没事的。"她说。没事。我裤子上留下了一块胭脂渍。

斯黛拉还在浴室时，我去衣柜里拿出塞在衬衫之间的左轮手枪。

出租车一直向前开着。斯黛拉在座位上动来动去，吊嗓子唱歌。司机喝着瓶装啤酒，不停地看后视镜，最后说："我不认识你，但能安静点吗？"

斯黛拉不出声了。一时间只有雨打在车顶的声音。

"我妻子是歌手，"我说，"她马上要登台演出了，所以，请您闭嘴。"

斯黛拉抓进我的食指。

"是我的过错。"她轻轻地说。我感到她的呼吸拂着我的脖子。

"不存在什么过错。"我说。

我们迟到了。特里斯坦在车道上飞快地向我们迎来，桅杆上悬挂着淋湿的旗子，特里斯坦亲吻了一下斯黛拉。

"圣诞快乐，希特勒万岁。"

他拥抱了我。

"有空再来我家吧。"他说。

我得说，那天晚上斯黛拉很漂亮。那一年抹去了她身上那些柔软的感觉。她变得很瘦。她画着淡妆，金发烫成了波浪卷，很快就能长到可以挽成发髻的长度，她手腕上戴着父亲送她的表。因为穿着高跟鞋，她比我还要高出一点。

别墅里充满姜饼、蜂蜡和松针的香味。特里斯坦领着斯黛拉穿过大厅，所有客人都看着她。

她不要紧，当我靠在壁纸上看着她和特里斯坦走过大厅时，我明白了这一点。以前，当我看着她穿着皮大衣去城里时，我会想，她并不真是这样。现在我明白了，她就是那样。

服务员准备了莫斯科伏特加，大家都认为这是个好笑话。斯黛拉没喝酒。

当她和我并肩靠在墙上时，她低声在我耳边说："请别再说我了。"

我点点头。她吻了我的脸颊。她左手戴着手表，而我戴在右手上。表盘玻璃碰在一起时，会咯哒一响。

我不想再看斯黛拉。她伸手捏着我的下巴，把我的脸转向她。

"你现在很恨我吗？"她问。

她把手放在我的脸颊上，用拇指抚摸我的伤疤。吊灯的光映在她的眼眸里。

"就这样吧，我想，我不得不如此。"

"祝你好运。"我说。

她点点头。

"这一年，谢谢你。"

斯黛拉穿过人群，走向一个建在花园玻璃墙前面的小舞台，舞台上有一架三角钢琴和一个金属支架麦克风。再后面，是夜幕里的那片湖。

斯黛拉登上舞台，钢琴手向她点点头。客人们安静下来，许多人穿着制服，还有一些男人穿着灯笼裤。几乎所有人都在右臂上戴上了棉布卐字臂章。我摸着别在裤腰带上的手枪。

钢琴手奏响《今夜不应独眠》的爵士乐风格前奏。在大厅的另一端，我看到特里斯坦在台阶边用脚点着节奏。斯黛拉双手抓住麦克风。

她用柏林方言浅吟低唱起来，唱得很好听。我再也不会听见有人这样唱这首歌了。

钢琴奏完最后一个音符时，听众沉默了几秒钟，随后掌声雷鸣。此刻，斯黛拉抵达了她想去的地方。

在汉堡大街上，托尼与格哈特·戈德施拉格正蹲在地上吃饭，也许他们会手拉着手。

我永远不会离开你，我发誓。

"背叛"是一个严重的词。

接下来，斯黛拉唱起了《德意志之歌》，几个音节后，男人们一起唱了起来。

唱第三首歌前，她停顿了一会，做了几下深呼吸，好像在犹豫着什么。但我知道，她在很早以前，就已经想清楚了。她穿过大厅看着我，向我点点头。她说："我可以活着，要谢谢你。"

听众间有人面面相觑，有人交头接耳，有人笑了，好像她开了个玩笑。一个女人举起右臂。钢琴手开始演奏《星尘》的第一段旋律。

在我的余生中，我会一遍又一遍地再听这首歌，《星尘》。它不属于万湖旁天鹅岛上的这座别墅，不属于这一年，不属于这些人。我听到斯黛拉用英文唱着：

> 有时候我想知道
>
> 为什么我在寂寞的夜晚

梦见一首歌

那些旋律

将我的遐思萦绕

让我再次来到你面前

当我们初坠爱河

每个吻都令人激动不已

但这是很久很久以前

如今只有星尘给我慰藉

她看着我从墙角转身，从大厅后面向门口走去。我没有发现她的神色有任何改变，但我知道她正看着我。她的声音清澈纯净。

出租车司机站在门口吸烟。

"去哪儿？"

在关上车门之前，我听到了掌声。

"安哈尔特火车站。"

我知道每个星期三晚上有南下的夜车，希望平安夜不会例外。我想会有的，德国人喜欢他们按计划行事。

我没有回到大酒店。我什么也没带。我来这座城市，原本是为了分辨谣言和真相，但现在我要逃离了。我没有留下一封信，也没有和任何人说再见，因为不会再见了。

当我们越过施普雷河时，我请司机停一停。我下了车，把腰带上的手枪扔进水里。

火车停在铁轨上。我向列车员买了一张单人包厢车票，然后在站台一个手推车小贩那儿买了一袋苹果。我把我剩下的食品票全给了他。

火车开动了，我想了想我不会拥有的另一种人生。

为了转移注意力，我可以和另一个人结婚，并假装斯黛拉从来没有存在过。我会笑，会醉，会谈论她，仿佛她是我的一个战利品一样，虽然我知道实际上恰恰相反。我会说，在我生命的尽头，我不会用被爱的程度来衡量我的幸福，而是我曾爱过多深。我也可以试着去忘记她。生活使我们都变成了说谎的人。

每瓶香槟都让我想起她，每个苹果、每支炭笔、每幅裸体人像、每段爵士乐、每块夹心巧克力、每个小圆点、每个通宵跳舞的夜晚，还有"柏林""酒店""犹太人"，都让我想起她。

我回想着那个斜戴着提洛尔帽的女人，有时穿香奈儿丝绸裙，有时穿着皮大衣的 21 岁女孩，她让人叫她克莉丝汀，但实际她叫斯黛拉·英格丽·戈德施拉格。

我回想着一个骗人的女人。我不知道她出卖了多少人，100 个，还是 200 个。我想我的妻子。我想你。

你，你的牙缝和松软茂密的头发。我们也许已在四月的湖边结婚，我已经给你搭好舞台，偷来钉满亮片的衣服。你会和我跳维也纳华尔兹，尽管不太熟练，但很幸福。你会成为我孩子的母亲。我们会手牵手逛公园。我们会乘坐东方快车去伊斯坦布尔，在集市上喝加了糖的咖啡。你会把我们房子墙壁涂成五颜六色，会和我一起坐在汽车里，我们一起唱荒诞的歌。每天早晨，你会在我怀里醒来。我永远都不会放开你。我会告诉你真相。

火车开动了。我解开领结，把它塞进我晚礼服的内口袋里。我的手指摸到一张纸条。

父亲说得不对。过错是存在的。

我望着窗外柏林的灯火，我知道，从此我将永远是残缺的了，但我仍然充满感激。你将是我最美好的回忆。谢谢你，告诉了我什么是爱。

火车加速向南行进，我把那袋苹果抱在手里。

我看着渐渐熄灭的城市灯光，直到列车飞驰，不能回头，而德国永远留在黑暗之中。

我把窗户打开一条缝，拿出晚礼服口袋里的纸条，把它扔进风中。

问：根据您的供词，您认为自己应承担何种罪责？

答：当我在报纸上看到我将如此多的妇女、儿童和男人带入不幸，我感到极其不安，我曾问过自己的良心，最后认为我犯下唯一的过错，或说唯一的罪行是，我以犹太人的身份接受了盖世太保的外部职位。但我要说，我并非自愿接受这份工作的。我已经主动交代了所有我能想起的案件。时间过去太久了，我无法回忆起全部细节。我暂时没有别的话说了。

1946 年 3 月 8 日，

柏林刑事犯罪委员会，KJF-zbV- 办事处

尾声

1942年圣诞节后不久，盖世太保在位于萨维尼广场的公寓里逮捕了特里斯坦·冯·阿彭，当时他正坐在摆着羊乳干酪和甜奶油的桌边，而留声机上正播放着班尼·古德曼的爵士经典曲目《月光》。他被捕是因为国外一位匿名人士通过电话向盖世太保提供了线索。

检察官在紧急审讯中指控冯·阿彭从事破坏活动、走私贸易和叛国罪，指出他违反了《战时经济法》《食品法》和《反人民蛀虫条例》。法官在判决中说，由于冯·阿彭是党卫军一级突击队大队长，为敬效尤，判处绞刑。他在柏林舍讷贝格上了绞刑架。所谓的"马达加斯加计划"终止。

沃尔特·杜伯克一直在汉堡大街集中营工作到战争结束。1945年，他在位于波兹南的苏联战俘营中死于白喉。他的喉咙和喉头黏膜肿胀，呼吸道变窄，窒息而亡。

K.诺亚被运往集中营，但他因自愿报名参加奥斯威辛拳击队得以幸存。他如今居住在以色列一条种满棕榈树的大街尽头。他的故事还在继续。

西欧玛·申豪森于1943年骑自行车逃离柏林，来到瑞士。他用最好的纸张伪造了服役证，得以通过每一个关卡。在奖学金的帮助下，他在巴塞尔接受了图形设计培训，后来从事了该行业。他有四个儿子，享年 92 岁。

托尼和格哈特·戈德施拉格被迫于 1943 年踏上去往奥斯威辛的火车，后死于奥斯威辛。

约瑟夫·戈培尔在 1943 年 6 月 19 日宣布柏林已无犹太人。

斯黛拉·戈德施拉格在 1943 年 9 月生下了一个女儿，给她起名为伊冯娜。孩子的生父不明。戈德施拉格为盖世太保工作直至战争结束，也即其父母去世后仍在继续。她从没解释为何在父母被毒杀后仍继续抓捕犹太人。

她结过五次婚。每次都以离婚告终。

战争结束后，她试图将自己登记为法西斯主义受害者。柏林犹太人认出了她，她被逮捕。苏联军事法庭于 1946 年 5 月 31 日以协助谋杀罪判处她有期徒刑 10 年。前文引用的证人证词均出自此次审讯。

戈德施拉格的女儿被送往寄养家庭。

无法确认斯黛拉向盖世太保出卖了多少个犹太人。当检察官提起诉讼时，大部分受害者已经死亡。估计人数在数百人。

戈德施拉格刑满释放后，于 1958 年在莫阿比特刑事法院再次被起诉，并被判处 10 年徒刑。由于她已为所犯罪行服过一次刑，斯黛拉未被监禁。1994 年，斯黛拉·戈德施拉格从巴登的弗莱堡家中跳窗而出，撞在水泥地面而亡。

葬礼在救世主教堂后的新教公墓举行。战争结束后，戈德施拉格改信基督教，她的葬礼在新教公墓举行。她的五位前夫均未参加葬礼。生活在以色列的女儿伊冯娜同样没有赶回来，她与母亲已断绝联系多年。

　　只有两人参加了葬礼。一位女牧师和一位老年男子。男子将向日葵放在她的棺木上。

　　牧师做了简短的悼词，墓地成本由一家信托公司承担。

　　后来，牧师有一次穿过墓地时，斯黛拉·戈德施拉格的坟墓引起了她的注意。她发现，在木制十字架上，放着一块手表。

致谢

感谢柏林州立档案馆允许我查阅档案。感谢德国抵抗纪念中心。感谢我的姑姑伊娃为我抄写证词。感谢我的经纪人卡琳·格拉夫。感谢约翰娜·埃勒的话："你就像毫无感情一样在写。"感谢伊莎贝尔·博格丹，你总在我需要你时陪伴我。感谢安雅·帕尔教我柏林方言语法。感谢克里斯汀·劳恩斯坦的话："这只鸟是色盲，它怎么能看到金发？"感谢乔纳森·斯托克的话："我们能不能在哪天晚上谈论点斯黛拉以外的事？"感谢海克·科特曼的话："我当然会读。"感谢 Kein & Aber 出版社的彼得·哈格，你使我成为一名作家。感谢本杰明·马克为我付出的时间。感谢安德利亚斯·赛德迈尔对有关历史问题给出的建议。感谢柏林文学研讨会提供的阁楼。感谢 J。感谢西尔维亚。感谢乌维·克鲁斯曼对戈培尔引言的提醒。感谢所有说我再写了一遍《俱乐部》的人，你们明白我。感谢托勒，你是魔法师。

这本书是集体的作品。这部小说的今日全靠汉泽尔出版社的同事们。感谢斯特法妮·谢莱斯与彼得·哈斯-西彭的设计。感谢弗里德里克·巴拉卡特的晚间电话。感谢维克的冷静。感谢萨宾娜·罗姆勒的点子、精力和耐心。感谢运营团队带来的阳光清晨，感谢你们不因事情不可能而放弃。感谢凯斯勒，你这个好汉，感谢你的火焰。感谢我的出版商和编辑乔·仑德勒的话：

"我就像坐在一座火山上读完了你的小说。"感谢你的信任，感谢你对每个第二虚拟语态的重视，感谢你删掉了每个带有煽情意味的句子（也感谢你允许我保留了一些）。还有个我一直不敢问的问题，乔——你真的叫"乔"吗？

没有出版商，这本书就不会存在。是你们让我的处女作《俱乐部》获得成功，所以我还能写《灰色柏林》。感谢所有出版商的信任，感谢你们下班后的阅读和推荐。

感谢我的父亲卡尔·里查德·伍格的话："一心不可二用。"感谢母亲约翰娜·凯贝尔，她读这本小说的次数可能比我自己还多。妈妈，你是世界上最好的编辑。我爱你们。